楡の墓

浮穴みみ

双葉文庫

楡の墓

目次

明治開拓時代における北海道の主要地名

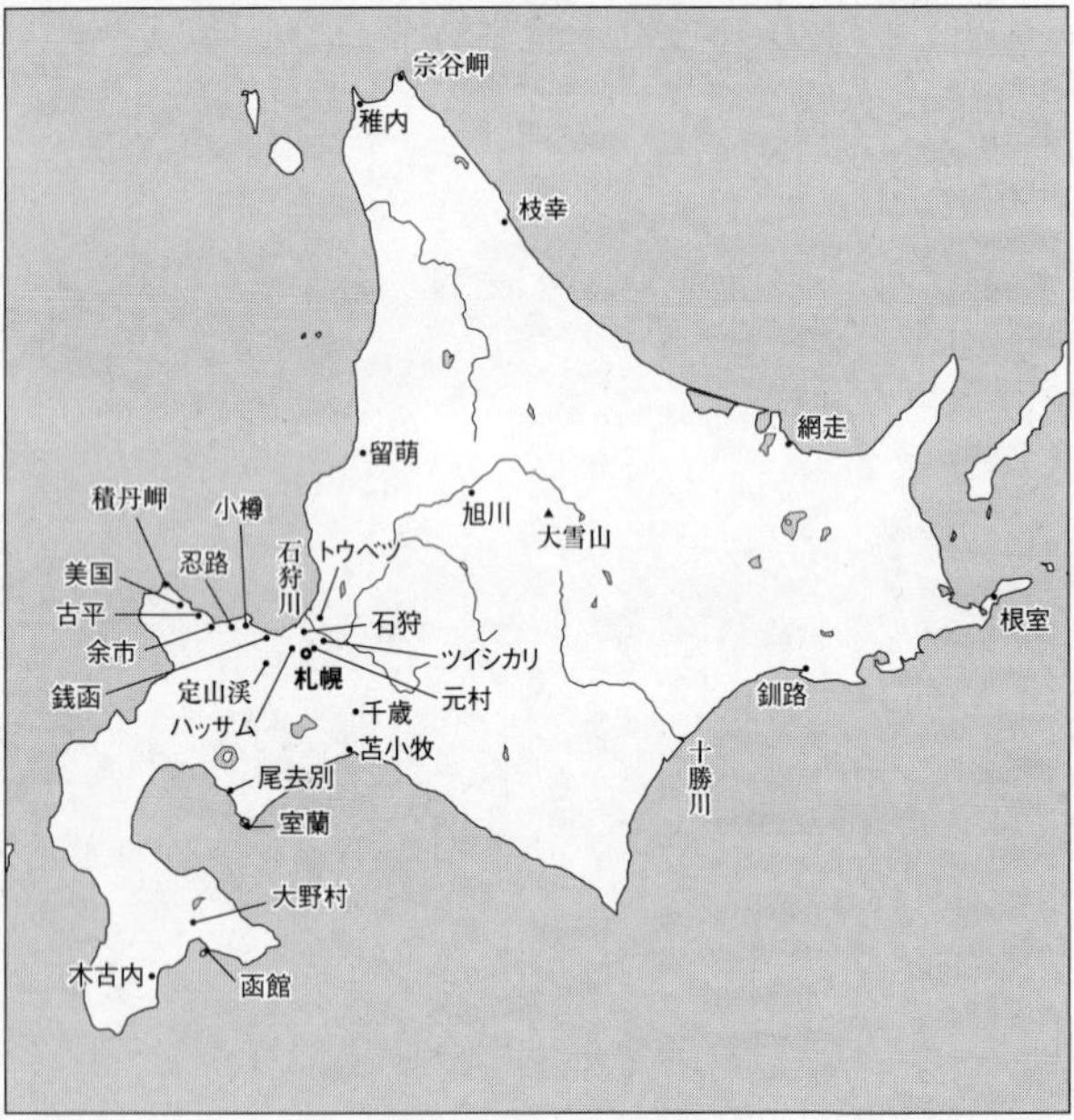

楡の墓

移住者は、何をおいても入植地にまず墓を作る。

まるで死後のやすらぎが約束されないうちは、その地に根を下ろすわけにはいかないとでも言うように。


墓地は村の外れにあった。

まばらに並んだ墓は、まだどれも新しかった。

墓地の傍らに楡《にれ》の木がある。その木の下に幸吉《こうきち》は佇《たたず》んでいた。

たった一人で墓に向かっていると、自分までもが死者の仲間入りをしたかのような気がしてくる。冷たい土の下に埋められて、誰からも忘れ去られてしまったかのような、うそ寒い心地になってくる。

しかし幸吉は生きていた。そして、この地を去ろうとしていた。

死者はこの地に留まり、皆の記憶に残るだろう。しかし去り行く幸吉は、この地を離れた瞬間から余所者《よそもの》になる。忘れられてしまうのは、死者よりも幸吉のほうであった。

さわさわと葉擦《はず》れの音がして、幸吉は顔を上げた。

暁《あかつき》の光が目を射た。細めた視線のその先で、楡の巨木が、かすかな風に応えるように枝葉を揺らしていた。

樹陰《じゅいん》から土の匂いが立ちのぼった。

幸吉は思い出した。

この楡の木の下で、美禰《みね》と初めて言葉を交わした、三年前のあの夏の日のことを。

＊

津軽の貧しい農民だった幸吉の家族が、蝦夷地《えぞち》・石狩《いしかり》原野にあるツイシカリに渡ってきたのは、今から十二年前、安政五年（一八五八年）の春のことである。幸吉は六つであった。

「イシ、カリ、って、なに？　ツイシ、カリ、って、どこ？」

幸吉は母に聞いた。どちらも、まるで異国の言葉のようだったから。

「海を渡った向こうの島の土地の名前だ。新しい土地さ、耕しに行くだよ」

母は珍しく、少し弾んだ声で答えた。

江戸幕府から蝦夷地開墾を命じられた御家人が、働き手の百姓を募っていたので、幸吉の両親は少しでもましな暮らしを夢見て、その募集に応じたのだ。

漁で賑わう石狩の港町から内陸へ、道なき道を五里も入った原生林が、御家人が率いる開拓民たちにあてがわれた土地だった。

ところがツイシカリ一帯はひどい泥湿地《でいしっち》であった。雪解け時期には腰の高さまで水に浸かり、歩くこともできなかった。おまけにしばしば洪水に見舞われた。

「水が豊富な石狩原野は十万石の土地である。諦めずに励むのじゃ」

いわばその土地の領主である御家人《い》は、百姓たちを叱咤《しった》激励した。

蝦夷地の夏は短く、凍てついた冬は厳しく、開墾は困難を極めた。雪を掘り、木を伐《き》り、石を運び、ようやくわずかな土地を拓《ひら》いたが、作物は思うように実らなかった。

「津軽にいたほうが、よっぽどましだったべや」

百姓たちは口々に弱音を吐いた。

だが泣き言を言っても詮無《せんな》いことだった。何もかも手放し、故郷を捨ててきた幸吉たちには、帰る家などなかった。

母はあかぎれだらけの手から血を流しながら縄をない、腹を空かせて泣く子供たちを抱きしめてあやした。

「じきに、腹いっぺえ食わせてやるからな。泣ぐんでねえよ」

そう言って、痩《こ》けた頬を引きつらせて笑ってみせた。

だが、そんな日は来なかった。

御家人の差配で、百姓たちは来る日も来る日も虚しく湿地と闘い続けた。支度金はすぐに底をついた。十万石どころか、御上《おかみ》からのわずかな手当てで細々と食いつなぐ日々だった。

原野と格闘し続けて、やがて七年が過ぎた。幸吉は十三になっていた。

あるとき、御家人が百姓たちを集めて告げた。

「ここから西へ少し行ったところに、ハッサムというところがある。豊かな土地だそうだ」

そこへ皆で移住するのだという。御家人は、とうとう泥湿地に見切りをつけたのだ。

ハッ、サム?

百姓たちは顔を見合わせた。

いったい、どこへ連れていかれるのか。

珍妙な響きの土地の名が不安をあおった。しかし、行くしかなかった。

幸吉は畑仕事は苦ではなかった。しかし蝦夷地での暮らしが長くなるにつれ、父や兄たちが幸吉一人をあからさまに疎《うと》んじ始め、折檻《せっかん》が激しくなったのが辛かった。兄弟の中で、幸吉だけが母の連れ子だったのだ。

母が幸吉を庇《かば》うと、父は母まで殴りつけた。幸吉は母を悲しませたくなくて、父や兄たちに抗うのをやめた。

御家人が移住を決めたその冬、母が病《やまい》で亡くなった。父は初七日も過ぎないうちに、後添《のちぞ》いを貰う算段を始めた。

なごり雪が降りしきる妙に暖かな夜、幸吉は一人家を出た。十四の春だった。もう二度と、父と会うことはないだろうと思った。

幸吉は、一路石狩港へ向かった。

港町では、えり好みさえしなければ仕事はいくらでもあった。だが、漁場を取り仕切る商人たちは吝嗇《りんしょく》で人使いが荒く、うんざりさせられることばかりだった。

三か月、六か月は瞬《また》く間に過ぎた。一人で食べていかねばならず、必死だった。年若だからと馬鹿にされたり、軽んじられたりすることは日常茶飯事だった。だから幸吉は、早く一人前の男になろうと精一杯虚勢を張った。

幸吉が酒や女の味を覚え、博打《ばくち》にのめりこむのに時間はかからなかった。負けがこんでのっぴきならなくなって、盗みにまで手を染めるようになった。

二年が過ぎた頃から、自堕落な暮らしが幸吉の顔つきを変えた。目つきが悪いと言われることが増えた。

真夜中、一人きりで海の音を聞いていると、死んだ母親のことを思い出した。

このままでいいのだろうか。

幸吉は不安になった。

だからといって、他に行き場があるわけではなかった。

人足仲間から幕府直轄の開墾場の噂を聞いたのは、そんなときだった。

「開墾場に行きゃ、いくらでも仕事があるさぁ」

人足仲間は、まるで自身がその普請を手掛けてでもいるかのように誇らしげに語った。

「御上はよぉ、だだっ広い野っ原に、村ひとつ、一から作ろうっての。したら、家や畑ばかりではねえ、橋やら道路やら、作らねばならねべさ。一万両の御普請さ。あそこだら、働いたら働いたぶん、余計に手当てばつくんだとよ。そのうえ、酒代までよこすとさ」

「一万両……」

いったいどれほどの普請なのか、幸吉には想像がつかなかった。しかしそこなら、今とは違う仕事が見つかるような気がした。働きに応じて手当てがつくというのもいい。

幸吉はもう魚の臭いに飽き飽きしていた。腐った鰊《にしん》のどろんとした目を見るたびに、自分も同じ目をしてこのまま朽《く》ちていくような気がした。

「どこにあるんだ、その開墾場ちゅうのは」

「さとほろ、ちゅうところにあるんだそうだ」

「さとほろ……」

優しい響きであった。

さとほろ、さとほろ……。

幸吉はまるで懐かしい故郷の名を呼ぶかのように、まだ見ぬ土地の名を繰り返した。

ある日、幸吉は思いきって町を出た。荷物などない。身軽なものだった。別れを惜しむ者もない。所詮、幸吉は余所者だった。

蝦夷地は古くから漁場を中心に栄えた土地である。海沿いや川沿いに町や村があり、道が通っていたが、広大な内陸は未だほとんどが原野であった。

幸吉は石狩の港町から内陸の「さとほろ」を目指して、原野に足を踏み入れた。

太陽が天中からじりじりと照りつけていた。

蝦夷地は束の間の盛夏であった。

北の果てにも夏は来る。短い夏が。まるで命の盛りを一瞬に凝縮したかのような夏が。

大人の背丈ほどもある熊笹が、道の両脇から覆いかぶさり行く手をはばむ。行けども行けども笹藪《ささやぶ》である。

幸吉は汗をぬぐいながら歩いた。笹藪を掻き分け、なぎ倒し、歩いた。

草木が長い冬の鬱屈《うっくつ》を晴らすべく、爆発的に生い茂っていた。あたかも生き急ぐ若者のように青い息吹をまき散らしていた。

草いきれにむせ返り、幸吉は足を止めた。荒い息をして天を仰いだ。雲一つない、猛々《たけだけ》しいほどの青空である。

この道で、えがったんだべか？

一面の茅原《かやはら》であった。その周囲には楢《なら》や楡の大木が茂り、鬱蒼《うっそう》と天を覆っていた。

さとほろは、どこだべか。

先へ進むにつれて、少しずつ視界が開けてきた。道筋の木が伐り払われていたのだ。幸吉の進む足元の土は固く均《なら》されて、小川にかけられた橋も新しい。つい最近普請したばかりであるようだ。

やがて道沿いに、仮小屋のような粗末な家がぽつりぽつりと見えてきた。どこかで一休みしようかと足を止めた時、にわかに日が翳《かげ》った。空がみるみる暗くなり、とうとう、ぽつりと来たかと思うと、瞬く間に土砂降《どしゃぶ》りになった。

幸吉は目についた楡の木の下に駆け込んだ。鬱蒼と茂った楡は雨宿りに最適だった。枝葉を叩く雨音を聞きながら周囲を見渡すと、すぐ前が墓地だった。

幸吉はぎくりとした。雨中をこちらへ近づいてくる女の姿がぼんやりと見えたのだ。幻かと思った。墓地だけに、幽霊ではないかと思わず後ずさった。

「ごめんよっ！　ああ、すごい雨だねぇ」

女は息を切らして飛沫と共に楡の木陰に飛び込んできた。狭い樹陰に、女と幸吉は身を寄せ合うように立つことになった。雨に濡れた女の体から濃い梔子《くちなし》のような匂いが漂って、幸吉はむせ返りそうになった。

幽霊ではなかった。

実体のある女の熱を感じて安堵しながらも、幸吉は身の置き場のないような心地になった。

女はすらりと背が高く、幸吉を見下ろして言った。

「あんた、どこの者だね？」

きつい眼差《まなざ》しだった。年増《としま》だが、きれいな女だった。蝦夷地の原野には似つかわしくないくらい、どこか粋であかぬけていた。

「イシカリから、御普請場に、仕事探しに来ただ」

「誰か知り合いはあるのかい？」

「いんや」

「まんだ、わらしこでねえの……あんた、本当に一人なの？」

女が憐《あわ》れむようにつぶやいた。

子供扱いされて、幸吉は、かちんときた。なりは小さくとも一人前だ。酒や博打や、女だって知っている。幸吉はその女をねめつけて言った。

「一人じゃ悪いか？」

「悪かないけど」

「関係ねえべや。あんたこそ、どこの者だ？」

「あたしは御手作場の者ですよ」

「オテサクバ……」

「開墾場のことですよ。御公儀で農地の開墾をしている」

「知ってらあ。さとほろ、だべ?」

「……さと、ほろ……ああ、サッ、ポロ、だべ」

「んだから、さと、ほろ、だべや」

「……あら!」

女が突然叫んだ。幸吉は、自分が何かみっともないことでもしでかしたのかと狼狽《ろうばい》した。

しかし女は、もう幸吉を振り返りもせず、楡の木陰から走り出ていた。そして少女のように腕をいっぱいに上げて、天を指差した。

「虹が出てるでねえの!」

女の言うとおり、空には見たこともないくらい鮮やかで大きな虹がかかっていた。雨は上がり、空が明るくなっていた。

女は幸吉を見て微笑んだ。

「あんた、いがったねえ」

まるで旧知のような親し気な笑顔を向けられて、幸吉は戸惑った。女はじれったそうに続けた。

「いがったでねえの、ほら、ご覧な。あたしのさとじゃ、虹が出迎えると、良いことがあるっていうんだよ。幸先がいいよ」

「……おらのさとでも、そう言うだ」

「あんたのさとでも？　あらまあ」

女がころころと笑った。幸吉もつられて笑った。女の眼差しがやわらいだような気がした。

「あんた、疲れているんだろう？　着物も濡れちまって。あたしんちに行こう。ついといで」

「いや、おら……」

幸吉は立ちすくんだ。

「何か食わせてやるよ。遠慮すんでねえ。腹へったべ？」

口をつぐむ幸吉の腹が、ぐう、と鳴った。

「おや、腹のほうが素直だべさ。んだば、いぐど、サッポロ……いんや、さとほろ、だ」

女がまたころころと笑った。

まったく、よく笑う女だった。虚勢を張ろうとしているのに、女の笑い声を聞くと気持ちが萎《な》えた。家畜が引かれていくように、幸吉は女のあとをついていった。

女は美禰と名乗った。

麦飯と葱《ねぎ》の味噌汁、干魚と芋の煮つけに大根の漬物。粗末だが久しぶりのまともな食事に、幸吉は夢中で箸を運んだ。

ようやく腹がくちくなって、粗末な小屋を見回すと、どうも他に人のいる気配がしない。

幸吉は聞いた。

「あんた、一人か」

「一人じゃ悪《わり》ぃが？」

「いんや……」

「関係ねえべや！　ふふふ」

墓地での幸吉の口振りを真似してみせて、美禰は笑った。幸吉は飯茶碗を置くと、美禰に頭を下げた。

「すんませんでした、さっきは……」

美禰は驚いたように大きく目を見開いた。濡れて艶めく黒い瞳が、きらきらと光るのが見えた。

美禰はしつこいほどかぶりを振って言った。

「あらやだ、あんた、謝ったりして……。いんだ、いんだ、冗談だって。あたしだって、不躾《ぶしつけ》だったさ。堪忍しとくれ。さ、そんな顔すんな、遠慮しねえで食べてくれや」

美禰は罪滅ぼしでもするかのように、丁寧に麦飯をよそってくれた。

「あたしの亭主、開墾のとき、倒れてきた木の下敷きになって、死んじまったの」

まるで天気の話でもするかのように、美禰はさらりとそう言った。

「まだ、やっと四十九日が済んだばかりさ。女一人じゃ、開墾もままならねえが、他に行き場もなくてねえ。どうしようかって、亭主の墓の前で、思案していたところだったの……、ふふ」

亭主が死んだという話をしながら、美禰はなぜか屈託なく笑った。

「……そしたら、あんたが……あんた、名はなんていうの」

「幸吉だ」

「そう。幸吉さん。良い名だね」

名を褒められたのは初めてだった。今までは、褒められるどころか、まともに名も呼ばれなかった。おいだの、こらだの、犬のように追い回され、小突き回され、こき使われてきたのだ。「幸吉」と名を呼んだのは、死んだ母親くらいだった。

良い名だと言われて、今まで感じたことのない甘酸っぱい喜びがわいた。幸吉が生まれて間もなく死んでしまったという実の父がつけた名を、幸吉は密かに気に入っていたのだ。

「ありがとうございます。ご馳走様でした」

食べ終わった飯茶碗と箸を置き、幸吉はもう一度頭を下げた。

美禰は何か変わった生き物でも見るように、つくづくと幸吉を眺めて言った。

「行儀がいいんだねえ。あんた、おっかさんの躾がいがったんだね」

思いがけず母親を引きあいに出されて、幸吉は戸惑った。確かに幸吉の母は優しくも厳しかった。しかし、母親から習ったことなどずっと忘れていた。人にまともに礼を言ったのは、久しぶりだと幸吉は気づいた。

「……あんた、幸吉さん、本当に御普請場で働くつもりかい」

「んだ。そのつもりで来ただ」

美禰はじっと幸吉に目を据えて言った。

「きついんだよ。百戦錬磨の猛者《もさ》に交じって、朝から晩まで働いて、雑魚寝《ざこね》して、まるで戦だ」

「人夫仕事なら慣れてる。力だってある。働いただけ手当てがつくと聞いてきただ。酒代も……」

「酒だって！　あんた、やめときな、子供のくせに、酒なんか！」

「いんや、そんなに飲むわけじゃ……」

「酒はダメだ。やめとけ。いいね？」

「わかったよ」

「博打もダメだよ！」

「へ、へえ」

幸吉の行状を見透かしたように美禰がたたみかけるので、幸吉は思わず肩をすくめた。

「だけんど、流れ者じゃ、雇ってくれるかどうかわからねえよ」

「そら、本当か？」

幸吉はにわかに不安になった。箱館奉行直轄、すなわち幕府直轄の御普請場は、港町の石狩とは勝手が違うようだった。

「身元はごまかしようがあるかもしれないけど、それにしたって、じきに御普請が済んだら、人夫はお払い箱だべさ。したら、あんた、またよそに行くのかい？」

「……仕方ねえべさ」

家出をした日から、幸吉は流れ者だった。稼ぎ場所を求めて、どこまでも流れていくしかなかった。

美禰は何かを確かめるように、幸吉の瞳をのぞき込み聞いた。

「ねえ、あんた。もし、あんたさえよかったら、御普請場なんかやめて、うちであたしの手伝いをしないかい？」

「えっ」

「ほら、さっき、あんたと会ったとき、亭主の墓に参っていたって言ったべさ。あのとき、あんたが急に、降ってわいたように現れたもんだから、あたし、たまげてしまって、なんだか、留《とめ》さんが……亭主、留蔵《とめぞう》って名だったんだけど……だんだん、亭主があんたを連れてきたみたいな気がしてきたのさ。あんた、稼ぎ場所を探しているんだべさ。したら、仕事は何でもいいんだべ」

「そりゃ……」

「開墾するんだよ。御普請場とおんなしくれえ骨が折れるけんど……」

「平気さ。おらんとごも、開墾しただよ」

「したら、力仕事、できるべ？」

「ああ」

「畑仕事は？」

「おら百姓だ。生まれた時から、もっこ担いできた」

ふっと美禰が笑った。

「赤ん坊がもっこ担ぐかね、けったいな子だねえ、あんた……したらなんも心配いらねえ。ここさ、おりなさいよ。あたしも助かるし。あたしの従弟《いとこ》かなんかだと届けておけばいいよ。あんたも、うるさいことを言われねえですむよ」

「だども……」

「銭こはたいして出せねえけど、それで、御普請場に行きたければ、うちから行けばいいべさ」

「……」

「ご飯は食べさせてやるよ」

その一言で、飯を食べたばかりだというのに腹の虫が、ぐうと鳴った。幸吉の意志など無視して、腹の虫が勝手に美禰に返事をしてしまった。

美禰が腹を抱えて笑いながら言った。

「あはは、決まりだ。な」

「んだども、おら、よそもんだ。よそもんが、あんたのところにいてもいいのか？」

「あたしらだって、よそもんさ。蝦夷地はみんな、よそもんばっかり。あたしもあんたも、みんなよそもんなのさ。だから、なんも気にすることなんかないよ」

そう言って、美禰は包みこむように微笑んだ。


その日から、美禰と幸吉は一緒に暮らし始めた。

「あたしの従弟なのさ。よろしくおねげえします」

美禰は村の者たちに向かって、どこか得意そうに幸吉を紹介した。

「そりゃあ、いがったねえ、お美禰さん、助かるでねえの」

「んだなあ。若い人が増えれば、おらたちも助かる。こっちこそ、よろしく頼むわ」

男も女も表面上は愛想よく接したが、遠巻きに幸吉を見張っているようだった。

無理もねえさ、よそもんだもの。

土地を均したり畑仕事をしていると、

「ああ、ああ、そっだらこと、すんな！」

突然小突かれ、怒鳴りつけられることもあった。幸吉のやり方が気に食わないのだ。

「もっど、丁寧にやれや」

「へえ、すんませんでした」

美禰の手前、幸吉は大人しく従った。ところが次の日にはまた、

「そっだら、ちまちましたことでは、日が暮れるでねが！　もっど、さっさとやれや！」

正反対のことを言われたりする。

うるせえと口まで出かかって拳《こぶし》を振り上げかけたが、美禰のことを思って、ぐっと堪えた。

出ていくのは簡単だ。だども、一宿一飯《いっしゅくいっぱん》の恩義ば、返さねばならね。

せめてもうしばらくは辛抱しようと幸吉は耐えた。

胡散臭《うさんくさ》い男だと陰口を叩かれていることも知っていた。

確かに、おらは胡散臭え。

貶《おとし》められるのには慣れていた。だが幸吉は萎縮しなかった。相手が正しいと思え

ば「へえ」と頭を下げたが、理不尽だと思えば黙って相手を睨みつけた。石狩港で身についた目つきの悪さが、こんなときは役立った。

そのうちに、いちゃもんをつけられることは徐々に減った。幸吉は、ただ黙々と畑仕事をし、土地を拓いた。

幸吉が小柄だったせいもあるが、美禰は幸吉を子供扱いした。子供のいない美禰は、突然大きな子供を授かったかのように、少々有頂天になって幸吉の世話を焼くのを楽しんだ。幸吉も初めは照れくさかったが、そんな暮らしにだんだんと慣れてきた。

二人は妙に気が合った。二人とも生まれは東北の寒村だった。

生まれ故郷の話をすると、思い出が符合した。

「本当に、従弟かもしれねえな」

「んだ。きっとそうだ」

美禰は親に連れられ転々として、いっときは江戸にもいたらしい。詳しいことは語らない。美禰の沈黙の向こうに、人に言えない苦労を重ねてきた月日が透けて見えた。

役人や御手作場の者たちは、この土地を、札幌――サッポロ――と呼んでいた。

「おらは、さとほろ、と聞いたけんど」

幸吉が訝《いぶか》しがると、美禰が思い出したように告げた。

「そういえば、そっだらふうに言っていた人もいたわ。他にも、サッホロとか、シャツホロとか」

元はアイヌ語らしいというこの土地の呼び方も、その語源も、はっきりとはしないのだ。

美禰は「さとほろ」が気に入ったらしい。

「なんだか、優しい名前だべや」

異国の言葉のような、サッポロ、よりも親しみがわくと言う。

さとほろ。

二人はまるで符牒《ふちょう》のように、この土地をそう呼んだ。

「おらだち二人で、さとほろ、って呼んでいれば、そのうち本当に、サッポロでなくて、さとほろになるかもしれねえな」

幸吉が半ば真面目にそう言うと、美禰も、

「んだなあ、んだんだ」

と楽しそうにうなずいた。

幸吉は時折、御手作場の端にある墓地へ足を延ばした。雨宿りして美禰と出会った、大きな楡の木のある墓地である。

美禰の夫だった、留蔵の墓に手を合わせる。

楡の木が風に揺れてさわさわと鳴る。

おらもいつか、ここさ、骨、埋めるんだ。

そう思うと、死に対して怖れよりも、やすらぎを感じるのだった。

御手作場は幸吉の故郷になりつつあった。

母も父もいない、先祖の墓があるわけでもない、けれどここが幸吉の居場所であった。

御手作場を東から西へと、まっすぐに貫く道がある。そして道沿いには川が流れていた。

石狩原野には、石狩川から生まれた小川や沼がここかしこにある。水はしばしば溢れ、雪解け時期には舟で移動したほうが早いときもある。幸吉の家族たちも水に悩まされたのだ。石狩川は暴れ川。肥沃な大地は洪水と隣り合わせだった。

だが目の前の川は、天然自然の川とは違った。原野に似合わぬ几帳面さで整えられ、見事に制御された、人の手による水路である。水路は枝分かれして、整然と区割りされた敷地の隅々まで水が行き渡るようになっていた。

水路を引いたのは、石狩御手作場差配である、蝦夷地開墾取扱掛《がかり》、大友亀太郎《おおともかめたろう》という役人であった。

「困ったことがあったら、差配さんに聞くといいわ。あの方なら何でもご存じよ」

美禰は大友亀太郎のことを、まるで神様みたいな人だと言った。

「学はあるし、しかも、剣術も強いんだそうだよ。偉い方なのに、それでいて威張らねえ。徳のあるお方でね。さすがは二宮尊徳《にのみやそんとく》先生のお弟子だよ」

「どうせ侍だべ」

頼りにならなかった幕府の御家人のことを、幸吉は思い出していた。役人など、自分の手は汚さずにきれいごとばかり言う。

「んだども、大友様は、違うんだって」

やがて幸吉は、美禰の言う意味がだんだんとわかってきた。

幕府の役人だとはいえ、大友はもともと相模国《さがみのくに》の農民だった。長じて、幕府御普請役格も務めた二宮尊徳に弟子入りし、開墾技術を習得した。その後、箱館近郊の御手作場に赴任して大きな成果を上げ、その手腕と人柄を買われて、札幌に着任したのだった。

入植に当たり、大友がまず始めにしたことは、用水を引くことであった。取水口はトヨヒラ川の支流である。そこから実に四里もの長さの掘割を掘削《くつさく》し、御手作場まで水を引いた。そして用水は石狩川の支流であるフシコサッポロ川へと流れ込む。その落とし口のすぐ近くに、大友は役宅を置いた。

石狩から運ばれた物資はフシコサッポロ川から陸揚げされて、川岸の板倉に貯蔵された。周囲には穀物蔵や鍛冶小屋も並ぶ。役宅に隣接する妙見《みようけん》社は、御手作場の鎮守として、大友が個人的に建立《こんりゆう》したものである。開墾取扱所を兼ねた大友の役宅は、文字通り御手作場の中心であった。

同じ入植でも、幸吉たちを引き連れて来た御家人のやり方とは雲泥の差であった。大友は御手作場のすみずみにまで気を配った。土地にも、人々にも。

留蔵の死で美禰が一人になったことも気にしていたらしい。だから美禰が、幸吉を従弟だと紹介すると、美禰に親族の手助けがあることを喜んだ。

間もなく大友は、幸吉を役宅に呼んだ。雑用を手伝ってほしいというのだ。幸吉の素性を探る意味もあったのかもしれない。

幸吉は、百姓から幕府役人に取り立てられたという大友に興味を抱いた。

おっかねえ人なんだべか。

怖れと好奇の入り混じった気持ちを抱いて、幸吉は役宅へ足を踏み入れた。

大友は、幸吉が一通り以上の読み書きができると知ると、驚いたようだった。

「おぬし、読み書きはどこで習った」

「へえ、おっかあが教えてくれました。面倒でも手習いはしなくてはならねえと」

百姓仕事の合間に手習いをするのは骨が折れたが、幸吉は字を書いたり書物を読んだりすることが嫌いではなかった。

「ふうむ。偉い母御じゃ。私の両親も、私が学問するのを許してくれた。そのおかげで今の私がある。学問はしなくてはならぬ」

それから大友は、忙しい合間を縫って、幸吉の学問を見てくれるようになった。恐縮して断ろうとする幸吉に大友は言った。

「わたしの役目は村を作ることだ。村を作ることとは、人を作ることだ。だからおまえに学問を授けることも、わたしの役目のうち。ゆえに遠慮は無用」

「へえ、ありがとうございます」

開墾に畑仕事、様々な雑事……御手作場の明け暮れは重労働で、正直、幸吉はへとへとだった。とても学問まで手が回らない。しかし幸吉よりももっと忙しい大友が、寝る間も惜しんで時間を作ってくれるのだ。幸吉も疲れた体に鞭《むち》打って役宅に通った。

御手作場の普請工事は続いていた。特に掘割と用排水路は、網の目のように張り巡らされた。湿地からは悪水《あくすい》を抜き、乾いた土地には水を与え、農地は広げられていった。

ツイシカリでもこういう仕掛けができていたなら、おらたちも、あれほど苦労はしねえですんだのに。おっかあだって、楽できたかもしれねえのに。

幸吉は、御家人のもとで泥の中をただひたすら這いずり回った日々を思うと、せつなくなった。

整備されたフシコサッポロ川を見遣りながら、幸吉はふと思いついた。

「大友様、ちっと伺いてえことがございます」

「何だ。申してみよ」

大友は書き物の手を止め、気さくに応じた。

「へえ。このあたりは川も流れておりますし、あちこちに湧き水もあります。なして、わざわざ四里も先から、水を引いてこなくてはならなかったのでしょうか」

すると大友は一呼吸おいて、諭すように言った。

「私の師匠である二宮尊徳先生のことは知っているな」

「へえ」

「その二宮先生が、まだ金次郎《きんじろう》と名乗っていた幼い頃のこと。村の近くを流れていた川が決壊した。家が流され、先生のご家族は一家離散の憂き目にあったのだ。先生は、それはそれはご苦労なさったのだよ」

大友は思いを馳せるように言葉を切り、そして続けた。

「そこに人が暮らし、農地を耕そうとするとき、何より大事なのは治水なのだよ」

「へえ」

「天然自然の川に頼ってばかりいてはいけない。水がなくては生きられぬが、ありすぎるのも困りものだからな。すなわち、川を、水を、飼いならさねばならぬ。決して暴れぬように整備しなくてはならぬ。だから御手作場では、自然の川をそのまま利用するのではなく、用水を引くのだ。金も手間もかかるが、惜しんではいけない。長い目で見れば、そのほうがずっと効率がいいのだ。それに……ちょっと来なさい」

大友に促され、幸吉は外に出た。

「ご覧、幸吉」

大友は、遥か彼方まで続く掘割を指差して言った。

「今はまだ、原野に一本の用水があるのみだ。しかし、十年後、二十年後、三十年後、この用水に沿って、農地が広がっていく。石狩原野一帯が農地になる。用水を引いた四里四方、すべてが開墾されるのだ。だから、そのために、はるばる山のふもとからここまで、長い長い堀を掘った。こうして水路さえ引いておけば、農地はいくらでも広げることができる」

「三十年後……」

幸吉は気の遠くなるような思いで、遥か彼方まで続く人工の川を見つめた。木々が茂り、笹藪がある原野。このすべてが豊かな実りに満ちた農村になるという。

「農地はこの御手作場で終わりではない。むしろここから始まる。ここが、元《はじめ》の村になるのだよ」

豊かな農地は百姓を豊かにする。幕府の役人でも武士のためでもない、百姓自身が豊かになるための道筋をつける、それが大友のやり方だった。

「百姓がただ田畑を耕していればいい時代は終わった。百姓は百姓の手で、みずから豊かになる方法を考えなくてはならん」

名字帯刀を許されていても、大友の心は百姓であった。

「これからは、おぬしらの時代だ。頼んだぞ、幸吉」

大友の肉厚な手のひらが、ぽんと幸吉の肩を叩いた。

幸吉は美禰に、大友とのやり取りを話して聞かせた。

「大友様は、幸吉さんに期待しているのさ。あんた、筋がいいもの。そのうちあんたも、大友様の片腕になって、お役人様になるかもね。名字帯刀を許されて、二本差しだ」

「まさかあ」

照れながら、幸吉は満更でもなかった。

「本当に、大友様はご立派なお方だもの」

美禰はうっとりと目を潤ませてそう言った。

寡婦《かふ》になった美禰には、しばしば縁談が持ち込まれるようになった。美禰は「ええ、いつかはね……でも、今はまだ……」と笑って受け流していた。死んだ亭主に義理立てしているのかと思ったが、そうではないらしい。留蔵とは「人に勧められるまま」夫婦になって、「好きも嫌いもないまま」死に別れたのだという。たった半年ばかりの夫婦の暮らしだったのだ。

「留さんとの思い出なんて、ほとんどないんだよ」

そう言って、美禰は居心地悪そうに小さく笑った。

従弟の幸吉が手伝ってくれるから、一人でもやっていける、というのが美禰が縁談を断るときの決まり文句だった。だが幸吉は、それだけが理由ではないのかもしれないと思い始めていた。

もしかしたら美禰さんは、大友様を密かに慕っとるんでねえべか。

もちろん大友は妻帯していた。だが、あれほどの人物を前にすると、大抵の男はかすんでしまう。美禰が大友に憧れを持ち、他の誰かと所帯を持つ気になれないとしても無理のない話だ。

大友様はどうなんだべ。

美禰のようなきれいな女に好かれて嫌がる男などいない。そういえば、幸吉が大友の手伝いをしているとき、美禰は何かにつけて役宅に顔を出す。大友は、そんな美禰に必ず二言三言、言葉をかけた。

考え始めると、大友の優しい物言いや、美禰のはにかむような笑顔までが気になりだした。

おらは体《てい》よく、ダシに使われてるってか。

そう思うと、自分が阿呆のように思えた。大友が相手ではとてもかなわなかった。神様と虫けらくらいの違いだと幸吉は思った。

わずかな間に、幸吉の背丈は美禰のそれを越した。

それでも美禰は、相変わらず幸吉を子供扱いした。

いつからか、美禰の大友礼賛に幸吉は素直に同調できなくなった。以前なら、美禰と一緒になって大友を褒め称えたのに。

大友に対する尊敬の念は変わらない。しかし美禰が彼を褒めるたびに、幸吉は焼けつくような痛みを感じるようになった。

せめて、おらが、少しでも大友様に近づいたなら、美禰さんは見直してくれるだろうか。

幸吉は開墾はもちろん、学問にも励んだ。眠い目をこすりながら測量や算術の稽古に没頭した。

学問の面白さを知ると、大友に一歩近づいたような嬉しさがあった。

やっかみ半分、大友に無茶な議論を吹っかけることもあった。

「大友様、畑や田んぼばっかり広がったって、面白くもなんともねえや。お江戸や京の都みてえに、賑やかな町にしたらどうですか。食い物屋とか、女郎屋とか……」

「馬鹿者。食い物がなくて、食い物屋でもなかろう。ましてや女郎屋なんぞ……賑やかな都がいいとも限らぬのだぞ。お前は知らないだろうが、江戸も安泰ではない」

大友は幸吉相手でも容赦なく、理路整然と叩きのめした。

手加減してくれたって、いいのによう。

剛毅直諒《ごうきちょくりょう》、大友の意志の強さを目の当たりにすると、とても太刀打ちできなかった。幸吉は、自分がますますちっぽけで取るに足らない男に思えた。

大友は、石狩原野の差配のみならず、蝦夷の各地を差配していくだろう。ひるがえって幸吉は御手作場の片隅で、たった一町歩《ちょうぶ》の畑も、女一人の心さえ、自在にできず悶々《もんもん》としていた。


夏のさなか、汗を流したくて少し早めに家に戻ると、裏から水音がした。

なんだろうと裏手をのぞくと、木陰にむしろを立てまわして、美禰が背を向け、たらいで行水《ぎょうずい》を使っていた。

見てはいけないとわかっているのに、幸吉は足が動かなかった。美禰が腕を上げるたびに、脇の下から白い乳房がこぼれて見えた。ほっそりとした肩から背中へ、そして肉づきの良い腰のあたりへと、水が滴《したた》り落ちていく。風が吹くたび木漏れ日が、美禰の肌にちらちらと鱗《うろこ》のような模様を描く。幸吉は目が離せなかった。

今すぐあの人を抱きしめて、おらのものにしたい。あの人の体から滴る水を、この舌ですくいとりたい。

頭上でカラスが、カアと鳴いた。

幸吉は我に返った。

慌ててもと来た道を駆け戻り、川辺で息を整えた。気がつくと、着物の襟《えり》が濡れていた。幸吉は赤面した。知らないうちに赤子のように涎《よだれ》を垂らして美禰に見惚《みと》れていた醜い自分を、殴りとばしてやりたくなった。

幸吉が御手作場で暮らし始めたころ、津軽海峡の向こうは、すでに戦で混乱していた。幕府は朝敵《ちょうてき》とされ、やがて徳川の世が終わりを告げた。

明治の世となったのだ。

箱館奉行の管轄だった箱館奉行所も、石狩役所も、新政府に明け渡された。

官軍が攻めてくると騒ぐ者もあったが、戦は箱館までだった。旧幕府軍がいっときは箱館を占拠したが、それもわずかな間だった。薩長を中心とした官軍に制圧されて、多数の戦死者が出た。

御手作場は当面は継続を言い渡された。政変のあおりで物価は高騰し、物資は届かず、生活は苦しかったが、大友の差配で開墾は続けられた。

「お美禰さーん、いるかーい」

妙に甘ったるい呼びかけに応じて戸を開けると、吾平《ごへい》だった。人足小屋で寝起きする中年の普請人足である。

「何の用だ」

幸吉が戸を開けると、吾平はあからさまにがっかりした様子を見せた。

「お美禰さんは？」

「おらん。なんの用だ」

「いや、不自由はないかと……」

「ねえ！」

にやけた吾平の鼻先で、幸吉は力任せにぴしゃりと戸を閉めた。

村の者たちが独り身になった美禰のことを案じてくれるのはいい。しかし、いかにも遊び人風の人足たちまでが、親切めかして美禰にちょっかいを出してくる。

「まったく、どいつもこいつも……」

幸吉はうんざりして倒れるように囲炉裏端に寝転がった。今朝は、頑固に根を張った切り株を三つも四つも掘り起こして、疲れ切っていた。

うとうととしかけたころ、また声がした。

「お美禰さん、いるかい」

しつこいなあ、もう。

幸吉は、かっとなって立ち上がると、勢いよく戸を開けるなり、声の主を怒鳴りつけた。

「うるせえ、爺《じじ》い！　とっとと消え失せろ！」

「馬鹿ッたれ！　なんだ、その言いぐさは！」

胴間声《どうまごえ》で怒鳴り返されて、幸吉は思わず身をすくめた。

鬼の形相で立っているのは、堂々たる体軀《たいく》の丹蔵《たんぞう》だった。

丹蔵は、入植当初から大友を補佐してきた男である。東北の旧家の出で、測量や治水工事の技術にも明るい。大友の片腕と言ってよかった。

「す、すんません、人違いで……」

丹蔵は射すくめるように幸吉を見下ろして言った。

「まあ、いい。お美禰さんは留守か」

「へえ、すぐに戻りますが」

「したら、お前でもいいわ。通りかかったから、知らせておくべかと寄ったんだ」

「へえ。何でしょうか」

丹蔵はよく日焼けした顔を引き締めて言った。

「大友様が、御用召しにて、箱館に呼びだされたのは知っとるべ」

「へえ」

「大友様は、このたび、箱館府にて、兵部《ひょうぶ》省出張所石狩国開墾掛に任命された」

「おお、左様でございますか」

「んだ。幕府は滅んだが、新政府においても、大友様は正式のお役を賜った。新政府も、大友様の人物には一目置いたというわけだ。薩長の天下になって、どうなることかと気が気でねがったが、まんずこれで、御手作場も今まで通りだろう。美禰さんにも、知らせておけ」

「へえ」

石狩国開墾掛か。

幸吉は、まるで自分が任命されたかのように胸が躍る一方、かすかな敗北感が湧き上がるのを感じた。

大友様は、これからも、偉くなっていくだろう。それに引きかえ、おらは……。

同じ百姓とはいえ、大友や丹蔵は郷士の出、ひるがえって幸吉は水呑み百姓、学も器量も違うのだ。

結句、生まれ育ちが物を言うんでねえべか。

間もなく帰宅した美禰は知らせを聞くと、黙ってただため息をついた。

歓声を上げて喜ぶと思ったのに、幸吉はあてが外れた。

「……嬉しくないのか？」

「嬉しいさあ……」

よく見ると、美禰の白い頰は上気して、目には涙が浮かんでいた。

「あたし、幕府から新政府になって、もしも、大友様が御役目を解かれて、遠くに行ってしまったら、どうしようかと、心配で、心配で……でも、これで、大友様は、ずっと、ここさいてくれる……いがった、ほんっとに、いがった……」

安堵のあまり、美禰は声が出なかったのだ。

幸吉は胸の底が焼けつくような心地がした。

やっぱり、美禰さんは、大友様のことを……。

「ああ、ほんとに、いがったぁ。ねえ、いがったねえ、幸吉さん」

美禰はやっと気持ちが落ち着いたらしく、いつものように微笑んだ。包みこむような愛らしい笑顔。しかしその笑顔は幸吉にではなく、大友に向けられたものなのだ。

大友は、箱館から戻ると早速、札幌のすぐ隣のナエボの開墾に着手することになった。

道がつき、水が引かれ、農地が広がっていく。

幸吉は、十年後、二十年後、三十年後のことを思った。大友が引いた用水沿いに豊かな農地が広がる風景が目に浮かんだ。石狩国一円、それはあたかも百姓の国。大友が治める豊かな石狩国であった。

かなわねえ、おらには、とても。

大友の存在がまた少し大きくなり、美禰がまた少し、幸吉から遠のいていくような気がした。

明治二年（一八六九年）八月十五日。蝦夷地は北海道と名を改められた。

「御役目で、しばらくの間、トウベツへ行くことになった」

それを大友から聞いたのは、ナエボの開墾が始まって二か月ほど経った秋の終わりのことだった。トウベツは、札幌から更に北へ、石狩川をさかのぼった未開の地である。

「そのトウベツ、ちゅうところに、村ができるのですか?」

「うむ。会津降伏人が入植できるように、土地を切り拓く。まずは調査をして、冬の間に木材の伐り出しを終えるつもりだ」

厳寒期、石狩川は結氷《けっぴょう》する。雪と氷が木材の輸送を容易にするのだ。

お美禰さんが寂しがるだろうな。

そう思うと胸がちくちくと痛んだ。幸吉にとって大友は、決して超えることのできない壁だった。まぶしくそびえ立つ壁だった。

「村のことは頼んだぞ」

大友は久しぶりに幸吉の肩に手を置き、驚いたように目を見開いた。

「おぬし、ずいぶん、逞《たくま》しくなったな」

「畑仕事しとりますから」

「背丈も伸びた。いくつになった？」

「十七でございます」

「早いものだ。顔つきも、男らしゅうなったぞ。じきに嫁とりだな」

冗談めかして大友は笑った。

幸吉の脳裏に美禰の顔が、ちらと浮かんだ。しかしすぐに打ち消した。


明治二年（一八六九年）初冬。

冬支度に忙しいさなか、開拓使の役人たちがやってきた。村の中心である大友の役宅を取り壊し、他へ移築するのだという。

「他って、どこへでございますか」

幸吉は驚いて、役人の一人をつかまえると問いただした。

「ここから二里ほど南西に建設する予定の、本府《ほんぷ》の近くに移築するのだ」

「本府とは何でございますか」

「北海道の都のようなものだ。開拓判官《はんがん》様がお出でになるゆえ、役宅を建てねばならないが、知っての通り、木材やらなにやら、何もかもが足りない。だから、あるもので間に合わせるのだ」

「この役宅を移築してしまったら、大友様のお住まいがなくなってしまいます」

「大友？」

役人はちょっと考えるように首をひねった。

「ああ、開墾掛の……大友殿は、もうここへは戻らぬ」

「まさか。大友様は石狩国開墾掛でございます。ここの差配をなさるのは大友様でございます」

「それは兵部省の支配だった頃の話だ。石狩御手作場とナエボのあたり一帯は、開拓使に引き渡されると決まったのだ。これからは開拓判官、島義勇《しまよしたけ》様のお指図に従うことになる」

役人は事もなげに答えた。

「そげなこと……」

幸吉は当惑した。本府を作るという南西の方角を見遣《みや》った。用水の流れがまっすぐに延びていた。

「だども、お役人様、本府などというものを作るとは、聞いておりません。この先はずっと、農地になるはずでございます」

山裾から大友が引いた用水は、御手作場までほぼ四里。すなわち御手作場を元に四里四方は水路を確保し、田畑を広げるはずであった。

「方針が変わったのだ。さあ、行った行った。こちとら忙しいのだ」

追い立てられて、幸吉は憮然《ぶぜん》とした。

どうなっとるんだ。

そして大友は帰らぬまま、役宅は移築されていった。

冬の訪れとともに開拓判官・島義勇は到着した。肥前《ひぜん》の殿様の懐《ふところがたな》刀であったという島は、吹雪にもめげず、自ら役人を鼓舞して、札幌本府建設に意気込んでいるという。

当初の開墾計画はいったいどうなってしまうのか。自分の目で確かめずにはいられなくなって、幸吉はちらちらと雪の舞う寒い朝、用水沿いに本府予定地へ向かった。

やがて槌音《つちおと》が響いてきた。積もった雪を掻く音や人足たちの掛け声が、冬空に寒々しくこだましていた。

普請は始まったばかりで、建物は数えるほどであった。しかし建築予定地には几帳面に縄張りがしてあり、これから建てる本府の規模を推し量ることができた。

「すげえ……」

巨大な本府であった。まるで話に聞いた京の都のようであった。本府の正面には、都大路さながら、幅の広い道がまっすぐに延び、道の両側には上級官吏《かんり》の官舎予定地が並ぶ。

侍の都だと幸吉は思った。城を中心とした城下町のようでもある。

大道の真ん中に用水が通る。大友の用水が。

頬かむりをして雪かきをしている人足がいた。よく見ると、御手作場で普請をしていた吾平と茂吉《もきち》である。

幸吉は二人の前にぬっと立った。

「おっ、おめえ、お美禰さんとこの……」

吾平はすぐに気がついて目尻を下げた。

「お美禰さん、元気か？」

幸吉は構わず問いかけた。

「なあ、このでっけえ本府ができ上がったら、用水は、どうなるんだべ」

「用水？」

吾平と茂吉は顔を見合わせた。

「大友様が引いた堀のことだ。本府の真ん中に通っているでねえが」

平野のど真ん中に本府は打ち立てられようとしていた。当然そこには旧幕府時代の計画に即し、大規模な農地開拓を見据えた用水がすでに通っているのである。

「ああ、川のことか」

茂吉が答えた。

「運河にでもするんでねえべか。もっとも、舟が通るにゃ狭すぎるな。堀の両側には、お役人様たちの官舎を建てるだろうし……まあ、邪魔なら、埋めてしまうだろうな」

「埋める？　馬鹿なことを。それでは治水にならねえべや！」

幸吉は茂吉の襟首をつかんだ。吾平が間に入ってなだめた。

「おい、落ち着け、若いの。おらたちは言われた通りの普請をしているだけだ。道を作れば、川がいらなくなるのは、当たり前だべ」

「なんだとっ！」

「こらーっ、何を揉めとるのだ！」

遠くで騒ぎを聞きつけたらしい役人が、怒鳴りながら近づいてきた。幸吉は慌てて逃げ出した。

あの用水は、これから入植する農民たちのために引いたのではなかったか。土地を潤すための水ではなかったか。それを邪魔だの、埋めるだのと……。だいたい農地の真ん中に城を建てるだなんて、どうかしている。

走りながら幸吉は振り返った。

雪が舞っていた。役人はもう追ってこなかった。

白い平原を用水がまっすぐに貫いていた。その奥に巨大な本府の縄張りがある。

農村を貫くはずの用水は、都を貫く大道に取って代わられようとしていた。

広大な雪原のあちこちに点々と切り株が残っていた。雪をかぶった切り株は、まるで白い墓石のようであった。

ここは墓場だ。

大友の開墾計画。それが今、本府建設計画によって、葬り去られようとしている。

大友様は、それでいいのだろうか。

幸吉は悶々としながら村へ帰り着いた。手足は凍《こご》えていたけれど、胸の中は憤りで熱く沸き返るようだった。とてもそのまま家に帰る気にはなれなかった。

丹蔵さんに、相談してみるべ。

幸吉はその足で、今では村役人となった丹蔵をたずねて、驚いた。

「大友様！　なして！」

トゥベツに行ったはずの大友が帰ってきていたのである。深刻そうな面持ちで、丹蔵と膝を突き合わせていた。

「おお、幸吉か。どうした」

大友はいつも通りの落ち着いた口調で淡々とそう言った。幸吉は、かっと頭に血が上った。

「どうしたもこうしたも、大友様、畑も、田んぼも、用水だって、なんもかんも、でっけえ本府に飲み込まれてしまうではありませんか。本府建設を、あのまま進めさせて、いいのですか？」

「良いも悪いも、わたしには、どうにもできぬ」

大友は穏やかな口調でそう言った。

「開拓使という役所が新たにできたのだ。それゆえ、今までは、兵部省の管轄だった本府を含む札幌周辺一帯、この村も、開拓使の支配となったのだよ。わたしは兵部省の役人だ。管轄が違う。口出しのできる筋合いはない」

「だども、このさとほろは、大友様が、先々のことまでお考えになって、ずっと差配してきたのではございませんか」

「さとほろ、か……」

大友が目を細めた。まるで愛しい我が子の名を呼ぶように。

美禰や幸吉が、この土地を「サッポロ」ではなく「さとほろ」と呼んでいることを、大友は知っていた。それに、その優しい呼び名が決して二人だけの勝手な創作ではないということも。

「んだ、さとほろだ。大友様のさとほろでねが。大友様が、本府建設の御指図をなさっている島判官にご意見を申し上げれば、きっと……」

「島判官にはお目にかかった。判官様は、わたしに、兵部省から開拓使に移って、農地開拓の差配を続けてほしいと言ってきた。だが、断った」

「えっ」

幸吉は耳を疑った。

「今、なんとおっしゃいましたか」

「判官様の申し入れは断った。わたしは兵部省の人間だ。開拓使の仕事はせん」

「なして……」

開拓使の役人になれば、また以前のように、札幌の開墾に従事できる。ことによれば、頓挫《とんざ》していた三十年計画を、推し進めることができるではないか。

それなのに大友は、その話を断ったというのだ。

「……大友様は、見捨てるのか、おらたちを」

幸吉はまっすぐに大友を睨みつけてそう言った。

「見捨てるのか、さとほろを。十年後も、二十年後も、三十年後も、農地を広げていこうと言ったでねが！　途中で投げ出すのか！」

丹蔵が、見かねて間に入った。

「幸吉、大友様はなあ……」

幸吉は丹蔵を押しのけ、大友に迫った。

「管轄が違う、だと？　おらたちのさとほろでねが？　開拓使に移ってくれれば、これまで通りでねが！」

「これまで通りにはいかぬのだ。開拓使とわたしの開墾計画とは相容れぬ。もう決まったことだ。わたしは、開拓使には、行かぬ」

大友がきっぱりと言った。

「そげなこと！　思い通りにならなぐなったからって、見捨てるのか？　無責任でねが！　裏切り者！」

突然、があんと衝撃が来て、幸吉は部屋の隅まで吹っ飛んだ。丹蔵に張り手を食らわされたのである。

「幸吉、言葉が過ぎるぞ！」

丹蔵が一喝した。幸吉は大友へ向き直って叫んだ。

「なして闘ってくれねえだよ！　おらたちのさとほろ、守ってくれねえだよ！」

大友は黙って俯いていた。まるで幸吉の声が聞こえていないかのように。そんな大友の姿を見ているうちに、幸吉は鼻の奥がつんとして熱いものが込み上げてきた。

「あんたも、やっぱり、役人か！　おらたち見捨てて、何とも思わねえんだべさ！」

幸吉は涙と鼻水を垂れ流し、駄々っ子のように地団太を踏んだ。

と、涙でかすんだ視界の向こうで大友が立ち上がり、近づいてきて手を上げた。

殴られる！

幸吉は咄嗟《とっさ》に身を縮めた。父に、兄に、石狩港の上役や、無頼人に殴られてきた日々が一瞬のうちに脳裏に蘇った。

だが、拳の代わりに幸吉の頭に触れたのは、大友の熱い手のひらだった。大友の大きな手のひらは、幸吉の頭をぎゅっと強く包みこんだ。

「幸吉、わたしの仕事は終わったのだよ」

大友のかすれた声が幸吉の耳朶《じだ》を打った。

「長居をした。後のことは、頼みましたよ、丹蔵さん」

決然と言い置いて、大友は出ていった。

大友が手掛け始めたトウベツの開拓は、間もなく中止となった。会津降伏人の入植地が変更になったのだ。

明治三年（一八七〇年）四月。開拓使は、再度、大友を開拓使掌に任じたが、大友は固辞した。それればかりか、即日兵部省をも退職してしまった。

大友は残務処理を終えた後、故郷、小田原へ帰ることを決めたのだ。

開拓使の本府建設計画は迷走していた。

真冬に始めた都市計画はすぐに頓挫した。冬の嵐に阻《はば》まれて物資輸送の船は着岸できず、食料も何もかも足りなかった。新政府内の派閥争いが島判官の断行を邪魔したという噂もあった。突然始まったトヨヒラの開墾は、半月もしないうちに中止された。

そして、とうとう、あれほど張り切って札幌入りした島判官が、着任後わずか三か月で解任されてしまったのである。雪解けの春を目前にして、これからという時であった。

丹蔵がため息まじりに言った。

「首ぃ、切られたのさ。開拓判官様といえども、所詮、上には逆らえねえのさ」

「上、って、なんだ？」

「中央政府だ。東京の薩長だ」

どうして札幌の行く末が、この土地を知り尽くした大友の計画でも、本府建設に意気込んでいた島判官の意向でもなく、遠く離れた中央政府の都合に振り回されるのか。東京が何もかも呑み込んでしまうんだ、嵐のときの大波みたいに。

幸吉は慄然《りつぜん》とした。

大波の前では、大友や島判官でさえ無力なのだ。ましてや幸吉などは、芥《あくた》に等しいのではないか。

後任の役人の指導のもと、札幌周辺に入植者が増え、開墾も進んでいった。だがそれはもう、大友の仕法に則《のっと》っているとは幸吉には思えなかった。札幌は大友が目指した村とは違うものになっていくような気がした。

さとほろに、また夏が来た。

大地が一斉に叫びだす北海道の夏。

楡の木は燃え盛る炎のように生い茂り、大地に染み入るような濃い影を落とす。

天は抜けるように青く、花は咲き乱れ、すべての生物がこの一瞬に命を凝縮するような夏が、今年もまた巡ってきた。去年とも、一昨年とも、変わらない夏が。

だが美禰は変わった。

大友がいなくなった頃から、少しずつ、美禰は笑うことが少なくなった。

あんなによく笑う女だったのに。

あるとき幸吉は、近所の女たちが立ち話をしているのを耳にした。

「……お美禰さんが？」

「んだ。縁談が決まったらしいよ」

「いつまでも、独り身は寂しいものねえ」

「あら、幸吉さんはどうするんだべ？」

「一緒にはいられねえべさ」

「したら、おらんとこに来てもらうべか？」

「あんたが可愛がってやるのかい？」

「いやだあ」

幸吉はいたたまれなくなってその場を離れた。女たちの下品な笑い声が風に乗って幸吉を追いかけてきた。

闇雲に走って、いつの間にか村はずれの小高い丘まで来ていた。

おらは、どうすればいい?

一つ屋根の下にいながら、美禰は以前と違い、どこかよそよそしくなった。

おらが、邪魔なんだべか。

風が渡っていった。むっとするような草いきれが立ちのぼり、雑木林がざわざわと揺らいだ。眼下にはまっすぐにのびた用水。広がる農地。その先に、にわかに形作られはじめた本府。幸吉を置いてきぼりにして、開拓使の町が根を下ろそうとしている。

大友が去り、開拓使のもとで村が体裁を整えていく今、女一人は心細い。所帯を持つ気になるのも無理はない。幸吉にそれを止めることはできない。

もしも美禰が、誰か他の男と所帯を持つとしたら、それを間近で見続けることは耐えられないと幸吉は思った。

大友も、もういない。村は幸吉の知らない村へと徐々に形を変えていこうとしていた。そして美禰も……。

出ていこう。

幸吉は決めた。

思い切って、出ていこう。


麦飯と味噌汁。芋の煮つけ。相も変わらぬ食卓だが、幸吉にとってはご馳走だった。美禰がそこにいる、それだけでご馳走だった。

美禰と離れるのは身を切られるように辛かった。しかしもう決めたのだ。

この村には、もう、おらの居場所はないのだ。

「お美禰さん、ちょっくら、話があるんだが、聞いてくれねが」

片づけをしようと立ち上がりかけた美禰を制して、幸吉は告げた。美禰は訝しそうに座り直した。

「なにさ」

「……おら、この家、出ていこうと思う」

言ってしまったと思った瞬間、幸吉はめまいがした。しかしここでやめるわけにはいかない。

「この村、出ていこうと思う」

美禰はしばらく無言でいたが、なぜか、ふっと小さく笑った。そして言った。

「そう……仕方ねえな」

美禰はあっけなくそう言った。幸吉は取り繕うように続けた。

「お、おら、世話になった。なんの恩返しもできなくて……」

言いたいことはたくさんあったのに、喉の奥からやっとそれだけ絞り出した。

「そったらこと、なんも。それで、いつ？」

「え」

「出ていくの、いつ？」

「あ……明日」

幸吉は思わずそう答えた。

「そう。急だねえ……達者でね」

美禰はさばさばとそう言って、包みこむような笑顔を見せた。

美禰は幸吉を止めなかった。縁談が進んでいるというのは本当だったのだ。

それ以上何を言うこともなく、美禰は立ち上がって勝手口から出ていった。かすかに水を使う音が聞こえた。

幸吉は何も考えられなかった。三年という月日が跡形もなくなって、さらさらと流れていくような気がした。

着替え、当座の銭、紙と筆……。

美禰は幸吉の荷物をてきぱきと整え始めた。寂しそうな素振りさえ見せない。時折見せる美禰の笑顔に、幸吉の胸は張り裂けそうになった。

同じ屋根の下にいながら、二人はいつの間にか、別々の道を歩き出していたのだ。

夜が更けて、幸吉は台所の隅に横になった。布団などいらない、蒸し暑い夜だった。

美禰はしばらく繕い物をしていたようだった。

幸吉は眠れなかった。美禰の身じろぎ、衣擦れの音、その一挙手一投足が、幸吉の耳にちくちくと刺さるようだった。

やがて明かりが消えて静かになった。

寝返りを打ち、目を開けて、幸吉は、はっと息をのんだ。

炉端で眠っているはずの美禰がすぐ目の前に座っていた。きちんと膝をそろえて、少し前かがみで幸吉を見下ろしていたのだ。

「なした……」

美禰は無言で幸吉の傍らに横たわった。美禰の柔らかな体が吸いつくように幸吉に寄り添った。幸吉は美禰の襟元に手を伸ばした。そっと乳房に触れると、美禰は抗わなかった。

女を抱くのは初めてではなかった。にもかかわらず、まるで初めてのような気がして手が震えた。抱かれる美禰も震えていた。

遊び女ではない、愛しい女を抱く喜びを幸吉は初めて知った。

白々明けの黎明《れいめい》が美禰の白い裸身をさらしてもかまわず、幸吉と美禰はお互いを貪《むさぼ》りあった。

幸吉は飽きず美禰を抱いた。何度も、何度も。

幸吉の腕の中で、美禰は静かな寝息を立てていた。

女の汗のにおいが甘く鼻腔《びくう》をくすぐった。

昨夜のことは、何だったのだろう。

幸吉はまだ夢を見ているようだった。

出ていくおらに、情けをかけてくれたんだべか。

だとしたら、みじめだった。

このまま出ていこう。

美禰に合わせる顔などなかった。

もう一度、美禰の寝顔を見つめた。白い肌。睫毛《まつげ》の陰り。滑らかな頬。何もかも目に焼き付けようとした。美禰は微動だにしなかった。

やがて幸吉はそっと起き出すと、旅支度をして外へ出た。

薄青い空に消え入るような白い月が見えた。入植民の家では皆そろそろ起き出して、仕事にかかる頃だった。

御手作場に来て、三年か。

開墾地を貫く一本道はこの三年の間に踏みならされて、さらに広く固くなった。少し離れて蛇行《だこう》するフシコサッポロ川が朝日を受けてきらきらと輝く。

道はやがて用水と出合い、あたかも大地を切り拓くが如く、まっすぐに延びていく。

かつて、ここは原野だった。そこに大友が水を引いた。地質調査と測量と開墾とを同時進行させながら、土地の高低差を見極めつつ、四里も向こうの山裾から引いてきた用水。いつかしら誰ともなく、「大友堀」と呼ぶようになった人工の水脈。

そして今、「大友堀」は農地ではなく、本府に取り込まれようとしていた。農民ではなく、役人のための官舎に囲まれ、商家の賑わいをのぞみ、「大友堀」はどうなっていくのだろう。

水辺に薄紅色の薊《あざみ》の花が、涼し気に揺れていた。

さとほろで迎える最後の夏。

どうして世の中は変わっていくのだろう。どうして人は変わっていくのだろう。

幸吉は、薊を手折ろうとしてやめた。大地にしっかりと根を張る瑞々《みずみず》しい緑の茎が、ひどく羨ましかった。

幸吉の足はいつの間にか、墓地に向かっていた。

村の外れの、楡の巨木のある墓地に。

＊

さわさわと葉擦れの音がしている。

朝日がまぶしい。細めた視線のその先で、楡の巨木が、かすかな風に応えるように枝葉を揺らしていた。

樹陰から土の匂いが立ちのぼっていた。

幸吉は思い出していた。

この楡の木の下で、美禰と初めて言葉を交わした、三年前のあの夏の日のことを。

それから起こったすべてのことを。

「さとほろ」での日々を。

移住者は、何をおいても入植地にまず墓を作る。

まるで死後のやすらぎが約束されないうちは、その地に根を下ろすわけにはいかないとでも言うように。

だども、おらは、ここに骨を埋められなかった。

まるで砂上に立っているかのように、足元が崩れていくような気がしたんだらば、な。

幸吉はつぶやいた。墓地に眠る人々と、どっしりと根を下ろす楡の木に向かって、別れを告げた。

楡の木は黙って枝を広げていた。青々とした葉を茂らせて。

「おお、幸吉でねが。早えな」

突然、後ろから声をかけられた。丹蔵だった。

「ご苦労さん。いやあ、もう、朝から晩まで、近頃は忙しくて忙しくて」

丹蔵はまだ眠そうな目をしばたたかせながら近づいてきた。

「また入植民が増えるし、じきに、新しい判官様もお着きになる。お役人様たちも、それまでには、本府建設のめどをつけてえと、人使いが荒いのなんの。いくら焦ったって、なんもねえところに、いっぺんに町なんか、できるもんでねえのに……」

ふと、丹蔵が幸吉の旅支度に目を留めた。

「おめえ、旅支度して、なんだ」

「いや、おら……」

「まさか、おめえ、出ていく気でねえべな？」

「丹蔵さん、おら……んだ。おら、出ていくだ」

「なしてだ。急に。何かあったか」

「いんや、そうでねえ。おら、もうここでは、やっていけそうもねえ」

「何言うとるだ。札幌の開拓は、これからでねが。おめえがいなぐて、どうする」

「おらなんか、いなくたって、開拓はできるべさ」

つい不貞腐《ふてくさ》れたような物言いになった。

丹蔵の顔色が変わった。眠そうだった目が、かっと見開かれた。

「甘ったれたこと、吐《ぬ》かしてるんでねえ。何か気に食わねえのか」

美禰の寝顔がちらついた。美禰の縁談、これからのこと……だが、そればかりではなかった。

「気に食わねえさ、なんもかも」

「なんだと」

今まで抑えていたものが、どっと噴き出すように込み上げてきた。

「開拓使のやり方だ。おらたち今までずっと、大友様の下で苦労してやってきたのに、開拓使が横槍入れて、何もかもぶち壊しだ。それでも、ちゃんと見通しがあるならいいさ。だども、やつら行き当たりばったりでねえか。真冬に雪掘り返して普請を始めたり、人が増えたら、米が足りないから、今度は急にトヨヒラに田んぼ作ろうとしたり、何の計画もねえんだ。あったらことしてたら、本府なんかできやしねえ。失敗するに決まってるさ。開拓は……、開拓は、そっだら甘いもんでねえ……」

幸吉は胸が苦しくなった。汗にまみれ泥にまみれて暮らしたこの三年の日々が、いっぺんに迫ってくるようだった。

「丹蔵さんは、悔しくねえのですか。おらたちのさとほろを、引っ掻き回されて。役人なんて、なんもわかっちゃいねえんだ。あいつらさえ、乗り込んでこなきゃ、大友様だって、今もここにいて、おらたちと一緒に……」

大友のことを思うと、胸が痛んだ。「わたしの仕事は終わったのだよ」、そう言って去っていった大友。幸吉の頭をぎゅっと強く包みこんだ熱い手のひら……。

さぞ無念であっただろう。だが、だからといって、諦めてしまうなんて。幸吉たちを置いて行ってしまうなんて。

丹蔵が幸吉を見つめて言った。

「なあ、幸吉、お前、知っとるか? 大友様は幕府の時代に、御手作場の差配を引き受けるとき、まず一番に、箱館奉行様に条件を出した。一切を自分に一任すること、口出し手出しは無用に願う。そうでなければ引き受けられない、その代わり責任は取る、とな」

「それは、おらも知っとる……」

「それほど、札幌開拓は、一大事業だということだ。横から口出しされては、成るものも成らねえ。だから、そういう気概で、大友様も、わしらも、開拓をやってきた」

「んだ。そのとおりだ」

丹蔵が続けた。

「ところが、明治の世になって、にわか所帯の新政府の方針は、猫の目みてぇに、ころっころ変わる。正直、ついていけねえわ。大友様が、腹に据えかね、辞表ば叩きつけた気持ちもわかる」

「んだ。おらにも、わかる。それは、わかるけんども……」

大友に、留まってほしかった。差配を続けてほしかった、いつまでも。

そしたら、おらだって……。

「なあ、幸吉よ、そもそも、本府を札幌に置く、ちゅうことが、正しかったのかどうか、おめえ、どう思う?」

「ど、どう思う、ったって、そっだらこと、急に言われても、おら、よぐわがらね」

「うむ。わしにもわからん」丹蔵があっさりと答えて続けた。「わからんがなあ、札幌には海がない。港がない。石狩も小樽も銭函《ぜにばこ》も、遠いべさ。したら、札幌でなくて、太平洋さ向いた港のある室蘭《むろらん》や苫小牧《とまこまい》に本府さ置いてもよかったんでねえべか?　したら、札幌は、今まで通りに用水沿いに、農地を広げていけばよかった。幕府時代からの大友様の計画通りに……だども、そっだらこと、今更言っても詮無いことよ。本府は札幌、そう決まったのだからな。したらば、話が違ってくる」

「丹蔵さん……」

いってえ、何が言いてえのか。

幸吉は、煙に巻かれたような気がした。丹蔵は構わず続けた。

「札幌に農地を広げていくことと、本府、つまり、政《まつりごと》の要《かなめ》を置くことでは、開拓の方針が、まるきり違ってくるということだ。本府の役所は、北海道ぜんぶを統括する要だべ。したら、他の地域と繋がる道路もいる、人が増えれば建物もいる、産業も起こさねばならぬ。店も、工場もいる。鉄道だって、引かねばならね。なんもかんも、ただ札幌に農村ば広げていくのとは、仕法が違うのよ」

「んだ、そらそうだ」

幸吉は雪の中にでき上がりつつあった本府を思い起こした。切り株が白い墓標のように見えた本府。まるで開拓地の墓場のような……。だが墓場は墓場のままではなく、新しい何かに生まれ変わろうとしていたのかもしれない、ふとそんな気がした。

「んだべ？　新政府が札幌本府の建設を決めた時から、幕府時代から続く計画は、役に立たなぐなったのよ。残念だが、大友様の計画は、時代遅れになってしまった」

「……だから、大友様は、さとほろから去ったのですか」

丹蔵が天を仰いだ。もう月も星も見えない。次第に色づいていく夏空に白い雲が浮かんでいた。雲の行方を目で追いながら、丹蔵は言った。

「わしもなあ、幸吉。大友様に、しつこいくらいに頼んだのだ。今が札幌の正念場だ。

一からやり直すつもりで、開拓使と折衝《せっしょう》しながら、札幌を、北海道を、引っ張っていってくれんか、そう頼んだのだ。きつい言葉も使ったさ、今辞めるのはいかにも酷い、いくら上と意見が合わぬとはいえ、無責任ではねえか……この間、おめえが大友様に食ってかかった時のように、わしもずいぶん、ひでえことを言った……大友様も、災難だ。わしに責められ、おめえにまで、罵《ののし》られてなあ」

「そうだったんですか」

丹蔵もまた、ただ黙って手をつかねていたのではなかったのだ。

「結局大友様は、留まってはくださらなかったがなあ、だども、幸吉、大友様には大友様のお考えがあったのだぞ。大友様は、おっしゃったでねが。『わたしの仕事は終わったのだよ』と」

「はい。おっしゃいました。大友様の計画は反故《ほご》になってしまったから……」

「そうではねえ」

丹蔵は毅然と言った。

「大友様は、諦めて手を引いたのではねえぞ、幸吉。大友様は、大友様なりに、やりきったのだぞ」

「そうだべか」

「開墾計画の話ではねえのだ。人の話だ」

「ひと……」

幸吉には、わけがわからなかった。

「大友様は、『確かに、わたしは無責任かもしれん。土地の開拓は道半ばで去ることになった。だが、わたしは、人の開拓は、十分にやったつもりなのだ』、そうおっしゃった。幸吉、それはな、例えば、おめえのことさ」

突然、鼻先に指を突き付けられ、幸吉はぎょっとした。

「お、おらのこと……」

「んだ。おめえや、わしや、村の者たちのことだ。おらたちは、大友様からたくさんのことを、教わったでねが。大友様が、二宮尊徳先生から、薫陶《くんとう》を受けたのと同じようにだ。二宮先生は亡くなったが、その教えは、大友様やお弟子さんたちの中に生きている。おんなじだ。大友様が去っても、その教えは、わしらが受け継ぐ。それから、その後は、おめえたち若いもんが、ずっと受け継いでいくのだ」

「おらたちが……」

「『わたしが去っても、村の者たちは、立派にやっていくだろう、いや、わたしよりも、よほどうまくやるかもしれぬ』、大友様は、そうおっしゃって、笑っていたよ」

「そっだらことがありましたか」

「わしは、もうそれ以上、大友様を引きとめることはできんかった。それでも、大友様に留まってくれと頼めば、わしらのほうが、大友様の信頼を裏切るような気がしてな。確かに、大友様は、十分に働いてくださった。身をもって、多くのことを授けてくださった。これ以上、求めるのは、わしらの我儘《わがまま》かもしれん……なあ、幸吉よ、開拓とは、土地を拓くんではねえ、人を拓くことなのかもしれんなあ」

丹蔵が農地へと目を馳《は》せた。田畑に寄り添う用水の水面が、朝日にきらきらと輝いていた。

「幸吉よ、大友様は去っても、ここは、大友様の元《はじめ》の村だ。大友様の残したものをこれからは、わしらが差配していく。ただ守っていくだけでは駄目だ。時勢に合わせて変えていく。ここが始まりだ、わしらのさとほろの、な」

丹蔵が確かめるように言葉を切った。そして続けた。

「役人ちゅうのは、役人の見方でしか物を見られん。殊に開拓使や中央政府の薩長の馬鹿どもは、土地のことなど、なんもわかっとらんで、机上《きじょう》の空論で物を言う。役人なんて、いつの時代もそんなもんだ。だから、わしら土地の者は、役人たちの間違いを、正してやらにゃならん。御上は、人を使い捨てる。役人を使い捨てる。大友様も、島判官様も……朝令暮改《ちょうれいぼかい》とは、このことだ。だども、わしらは、どこへも行かねえ。この土地を耕し、この土地で生きて、この土地の墓に眠るのだ。役人どもの好きにはさせん。御上のやり方に目を光らせていかねばならねえ。新しい世界ば、わしらの手で作るのさ」

「新しい世界……」

「骨が折れるぞ。これからは、わしらが大友様を支えてきたように、おめえたち若い者が、わしらを支えてくれねばならねえ。そうでねが？」

丹蔵の大きな目が、きっと幸吉を見据えた。

「へ、へえ」

幸吉は思わずうなずいていた。

「よし。もう、出ていくなんて言わねえな」

丹蔵が日に焼けた頬を緩めた。

「いや、その……」

「なあ、幸吉、大友様はなあ、本当に、おめえを見込んでいただよ」

丹蔵の声が優しくなった。

「大友様は、お美禰さんに、おめえのことをしつこいくらい、頼んでいたのだぞ。

『幸吉を頼む、あれは、先々楽しみな若者だ、どうかよく世話してやってくれ』、とな」

「……まさか」

「お美禰さんのほうもなあ、大友様に『幸吉さんをよろしく頼みます』と言っていた。だから、大友様がいなぐなってからの、お美禰さんの慌てようは、気の毒なくらいだった。『幸吉さんが可哀想だ』、と言ってな」

「……だども、お美禰さん、縁談が決まったんだべ？」

「縁談なら、今度も、お美禰さんが断ったぞ。嫁に行く気にはならねえそうだ。今のままでいいのだ、と。それで、わしらも、それ以上、所帯を持てとも言えなくてな……」

「断ったってか」

「んだ」

　幸吉は混乱していた。

　縁談はなくなった。それなら、なぜ美禰は『出ていく』と言い出した幸吉を止めなかったのだ。しかも昨夜のあのことは……。

「それなのに、おめえときたら、村を出ていくなんて……年上の女房を、あまり困らせんなや」

「え、そら、どういう意味ですか」

「おらに聞いてどうするだ、馬鹿ッたれ！　早く帰って、お美禰さんに聞いてみれや！」

突然、昨夜の熱い滾《たぎ》りが蘇った。幸吉は、今初めて霧が晴れたように美禰の心が見通せた気がした。

「幸吉」

「へえ」

「明日は測量だ。おめえが、音頭取れ」

「だども……」

「情けねえ顔するなや。おめえは、わしの片腕だぞ」

「そげな、片腕だなんて、まだ、おら……」

「覚悟ば決めれ。おめえならできる。明日、測量、遅れるでねえぞ」

丹蔵は幸吉の背中を一つ張った。その手は大友のものとよく似た、分厚い、温かい手だった。

一人になって、幸吉はしばらくの間、墓地に佇んでいた。

土の匂いが濃く香った。雨上がりのような湿った土の匂いだった。いつの間にか太陽が高く昇っていた。朝だというのに、すでにぎらぎらと大地に光が降り注いでいる。大地はその日差しに応えるように生気を立ちのぼらせている。

何もかも捨ててここまで流れてきた日のことを思った。そして、さとほろというこの土地に骨を埋めようと決意したときのやすらぎを思い返した。あのときから、ここが幸吉の居場所ではなかったか。

幸吉は楡の木を見上げた。楡の木は黙って幸吉を見下ろしていた。

ここで美禰と出会い、そして大友と知己《ちき》を得た。惜しげもなくその知恵と技術を注ぎ込んでくれた大友。神様みたいに立派だった大友。

おらに、できるだろうか。丹蔵さんが大友様を助けたように、おらも、丹蔵さんの助けになれるだろうか。

さわさわ、さわさわ、と楡の木が風にそよいだ。まるで幸吉に応えるように。

幸吉は、ふと楡の梢《こずえ》に目を留めた。ついこの間まで高くて届かなかったはずの梢が、すぐ目の前で揺れていた。

幸吉の背丈がまた少し伸びたのだ。

梢の先から瑞々しい若葉が芽吹いていた。幸吉は薄緑色の若葉に顔を寄せた。つんとする青くさい香りが鼻をついた。

おらは、もう、三年前のおらとは違うのだ。

――ずいぶん、逞しくなったな……。

誰かが耳元で囁いたような気がして、幸吉は思わず顔を上げた。

大友様？　まさか、それとも……。

楡の木がさわさわと風に揺れていた。大地の底の底まで染み込むような、黒々と濃い影を落として。

幸吉は墓に背を向けた。そして、ゆっくりと歩き始めた。

家の中に入ると、美禰が板の間にしょんぼりと座りこんでいた。

幸吉を見ると、泣き腫らしたのだろうか、真っ赤な目を見開いた。

「あんた、なして……」

美禰が慌てたように立ち上がったが、すぐによろけて尻もちをついた。

しっかりしていると思っていた七つ年上の女が、ひどく頼りなく見えた。強がって、虚勢を張って、それが習い性になって……。

幸吉は思わず駆け寄って、夢中でか細い肩を抱いた。美禰も遮二無二《しやにむに》しがみついてきた。

ふと美禰の体から、幸吉のにおいがした。

幸吉の体からも、美禰のにおいがするに違いない。

美禰と暮らした三年の月日が思い出された。重ねてきた月日が、二人の血肉になったのだと思った。

これからも二人で生きていく。この地に根を張り、梢を伸ばし、新しい命を育み……。

そして朽ち果てたら、二人一緒に骨を埋めるのだ、このさとほろに。

ここがおらの故郷だ、と幸吉は思った。

いつか、あの楡の樹陰へと還《かえ》っていくのだと思った。

雪女郎

一

夜が白々と明けてきた。

開拓判官《はんがん》・島義勇《しまよしたけ》は、苛々《いらいら》しながら立木の小枝を手折った。

パキン、と乾いた音がした。

パキン、パキン、パキン……。

冬枯れの立木の枝は、島の指先で爆《は》ぜるような音をたて、いつしか粉々になっていた。

やがて随員の一人が、息せき切って駆けてきた。

「判官様、お待たせいたしまして、申し訳ございません。ようよう一同、支度、相整いましてござります！」

随員は、腹でも切りそうな青い顔をしていた。無理もない。一行の頭領たる判官を、わずかとはいえ、待たせてしまったのだから。

島は小枝の残骸を投げ捨てた。地面から、ぱっと白く土煙が立った。

「出立《しゅったつ》じゃ！」

そう言いながら、島はもう歩き出していた。畏《かしこ》まっていた随員が慌てて立ち上がる。行列が、わらわらと雪崩《なだれ》のように右往左往している。

ぬらい（のろま）もんが！

構わず島は先を急いだ。

早く、早く。一刻も早く。

ふと、風が潮の香を運んできた。

島は、故郷・佐賀の海を思った。この荒々しい海原《うなばら》の、遥か彼方の肥前《ひぜん》の国。その火の国の海の色は、今も懐かしく眼裏《まなうら》に焼き付いている。

故郷を離れ、東京、函館……この北国の果てまで、島は海を越えてきたのであった。

これからは陸路を行く。馬十七頭に役人、そして人夫ら、総勢百六十人もの大所帯を引き連れて。

一路、石狩へ――。

明治二年（一八六九年）。

十月初旬にして、山林はすでに冬景色であった。

天を突く裸木《らぼく》の林も、大人の背丈ほどもある笹藪《ささやぶ》も、雪をいただき凍ったように鎮《しず》まっていた。うっすらと大地を覆う霜《しも》をさくさくと踏みしめ、湯気のような白い息を吐きながら、島は先を急いだ。

空は薄い水色に冴え渡っていた。木々を渡る鳥のさえずりが鋭く響く。身を切るような寒気が肌を刺す。

蝦夷地《えぞち》の寒さは格別じゃ……いや、もはや〈蝦夷地〉ではなかったか。

去る八月に、蝦夷地は北海道と改称された。

ほっかいどう。

島は、まだ耳慣れないその名称をつぶやいてみた。

北海道は初めてではなかった。蝦夷地と呼ばれていたころ来たことがある。当時はただの調査だった。島は、一佐賀藩士として、幕府調査団の末席に連なるに過ぎなかった。

だが、今回はわけが違う。

旧佐賀藩主・鍋島閑叟公《なべしまかんそうこう》の志を継ぎ、おいがこの地を任されたのだ。

文字通り原野に一から都を建てるべく、開拓判官という責務を帯びてやってきた。寒さにもかかわらず体が火照《ほて》る。逸《はや》る気持ちが抑えられない。背に負う笈《おい》がカタカタと鳴った。笈の中には、開拓三神の御霊代《みたましろ》である御神鏡が納められた櫃《ひつ》が入っていた。

背中の重みはすなわち、島が背負う重責であった。そのずしりとした重さが、島には誇らしかった。

大国魂神《おおくにたまのかみ》、大那牟遅神《おおなむちのかみ》、少彦名神《すくなひこなのかみ》。

おいの仕事は、開拓三神のご加護を得て札幌本府《ほんぷ》を建て、北海道を平らかにすることだ。あたかも阿倍比羅夫《あべのひらふ》の如き勇猛をもってして。

自らを古代の武将になぞらえて、島は思わず武者震いが出た。

北海道開拓は旧幕時代からの懸案である。佐賀を始め、水戸、薩摩など、各藩がそれぞれ蝦夷地を狙っていたのである。

それが今やっと、我が手に託された。

だが油断は禁物であった。

新政府は寄り合い所帯で、旧藩時代の閥《ばつ》を後ろ盾にして誰も彼もが鵜《う》の目鷹《たか》の目、足の引っ張り合いをしている。いつなんどき追い落とされるか知れたものではない。

殊に薩摩は始末が悪い。

伏魔殿《ふくまでん》のような中央政府のことに思いが及ぶと、島は息が苦しくなった。

殊に、大久保《おおくぼ》殿は――。

島は、堂々巡りになりそうな思考を、ため息とともに振り切った。

考えていても埒《らち》が明かない。今はただ、前進あるのみである。

蝦夷地から北海道へ――、名称を改めたとはいえ、そこは未だ原野であった。

一行の行く手は、原生林と湿地とに阻《はば》まれた。ぬかるみは水田のようで、人馬共に足を取られて、一歩進むのも容易ではない。

「ゆるくないな」

随員たちは、想像を超える悪路に喘《あえ》いだ。

しかし島は、戦場の先鋒《せんぽう》のように果敢《かかん》に泥地《でいち》を掻き分けて進んだ。

背の笈で、御霊代があたかも島を励ますようにカタカタと鳴った。武士として生きた半生に鍛え上げた、今年四十八になるその頑健な体軀《たいく》は、湯気が立つばかりに熱く滾《たぎ》っていた。

早く、早く、一刻も早く……。

夢中で泥の中を進んでいた、そのとき。

ウールルル
オーロロロ
どこからか女の歌声が聞こえたような気がして、島は思わず足を止めた。冷水を浴びせられたように、すっと頭が冷えた。

ウールルル
オーロロロ……。

歌声は、ふっと途切れた。まるでろうそくの火を吹き消したかのように。

「判官様、いかがなされましたか」

やっと追いついてきた随員が心配そうに問いかけてきた。

「いや、大事ない……」

風の音だろうか。

耳を澄ましても、もう歌声は聞こえなかった。歌の代わりに、空からちらちらと雪が舞い落ちてきた。

雪はやがて吹雪になった。休憩しようにも一面の湿地である。一行は、ただひたすら寒さと疲労を耐え忍び、吹き付ける雪に向かって歩き続けるほかなかった。

宿舎に到着したころ、さすがの島も疲労困憊《こんぱい》していた。背中の笈を恭《うやうや》しく下ろすや、島は倒れるように横たわった。

ウールルル
オーロロロ……。

目を閉じると、歌声が蘇った。

舌を転がす、鈴が鳴るような響きの歌声。穏やかで、それでいて妖しく、思わず誘い込まれそうになる。

空耳だったのだろうか。なつかしい旋律だった。たぶん、あれは……。

二

今から十年ほど前、島は、藩主・鍋島斉正《なりまさ》（閑叟、後に直正）の命により、蝦夷地へ、調査のために赴いた。

安政四年（一八五七年）夏のことである。

佐賀藩は、早くから蝦夷地の重要性に気がついていた。その広大な土地と豊富な資源、そして貿易拠点としての可能性に目をつけ、すでに彼《か》の地に足掛かりを得ていた。関西の商人を媒介にして、開港地・箱館で貿易を行うまでになっていたのだ。

当時、年貢米に頼った幕藩体制の経済は破綻寸前で、どの藩も財政難に喘いでいた。新田開発や特産物の売り込みをして、活路を見出すほかなかった。

嘉永六年（一八五三年）のペリー来航、ついで長崎へのプチャーチン来航などをきっかけに、幕府は蝦夷地の処遇に頭を悩ませていた。すでに主導権は松前藩から幕府に移っていたが、現実の警備や蝦夷地経営を、他藩に任せる可能性も模索していた。

幕府の混迷を受けて、諸藩もまた揺れていた。蝦夷地はいわば宝の島である。それぞれの藩が独自の調査隊を組み、蝦夷地調査に乗り出した。

そんな中、島は、箱館奉行の廻浦《かいほ》に中小姓《ちゅうごしょう》として同行することが許された。箱館奉行一行と共に箱館から西蝦夷を北上、宗谷《そうや》を経て、樺太《からふと》までまわり、詳細な調査を行うことができたのだ。

これで、他藩より頭一つ抜きんでた。島は自信があった。佐賀が他藩との主導権争いに勝利することを疑いもしなかった。島を含む箱館奉行一行は、東蝦夷地から西蝦夷地へと戻り、〈蝦夷地第一の土地〉石狩へと向かった。

ところが、千歳《ちとせ》に到着して、いよいよ石狩入《い》りという段になって、島はひどい皮膚病に罹《かか》ってしまった。島は泣く泣くその地に留まり、石狩へ視察に向かう奉行一行を見送った。

病臥《びょうが》していても、思うのは廻浦先のことばかりである。

今頃、お奉行様は札幌あたりか……。

札幌は、今はまだほとんどが原野だと聞いていた。数名の在住武士たちが細々と開墾を進めている。まさにこれからの土地だった。

彼の地に立ってみたかった……。

他藩に後れを取るかもしれない。いや、そんなことはあってはならない。

病床でうずうずしながら、島はただひたすら回復を待った。
あるとき、寝床でうつらうつらしていると、どこからか清《さや》かな歌声が聞こえてきた。

ウールルㇽ
オーロロㇿ
ユーラララルラ
ユーラルルㇽ……。

アイヌ語だろうか。言葉の意味はわからなかったが、子守歌だろうと島は思った。
その優しい節回しは、島の故郷・佐賀で聞いた子守歌によく似ていたからだ。

ねんねねんね
ねんねしな
ねんねころりや
ねんねしな……。

島は、一人の少女の面差しを瞼《まぶた》に浮かべた。

由記《ゆき》。

幼なじみの由記は、年の離れた妹をあやすとき、よく子守歌を歌っていた。鈴を鳴らすような清かな響きの声は、近くで聞いている島の心まで穏やかにした。

「団《だん》にょ様」

由記は島をそう呼んだ。団右衛門《だんえもん》というのが、少年時代からの島の名であった。

「団にょ様は、ふうけもんじゃっけん、どがんもならん」

島が早とちりをしたり、かっとなって馬鹿をしたりすると、由記は、ややきつい調子でそう咎《とが》めたものだ。

由記は勝気な女であった。年上の島に対してさえ、遠慮会釈のない物言いをした。そんなとき島は、頭に血が上っていても、すっと冷静になったものだ。きつい言い方でも、由記の優しい声なら、なぜか素直に受け入れられた。

ところが、ある年の春まだ浅い頃、由記は病を得て呆気《あっけ》なく逝《い》った。十五になったばかりだった。誰よりも利発で丈夫だった由記は、誰よりも早く逝った。島は、遠慮なく叱ってくれる愛らしい友を失った。

ウールルル

オーロロロ

歌声が、島を、追憶の故郷から安政の蝦夷地へと連れ戻した。

ユーラ ラルルラ

ユーララルルル……。

よく耳を澄ますと、その歌は故郷の子守歌とはどこか違っていた。子供をあやす歌のはずなのに、妖艶で深く沁みとおるような旋律。まるで聞く者を甘い夢の中に誘い込むような。

ウールルル

オーロロロ

子守歌に引かれるように、島は外に出てみた。

するとと川辺にアイヌの少女がいて、赤ん坊をあやしていた。

島に気がつくと、少女はおびえたように口をつぐんだ。

「すまぬ、驚かせるつもりはなかった。あやしい者でんなか。おいは病人だ。そなたの歌が聞きたか。歌《うと》うてくれんか？　その……ウールルー、ローロロー……」

島が節回しを真似すると、少女は声をたてて笑った。くっきりとした濃い眉、つぶらな瞳、花びらのような唇。白い肌に艶やかな黒髪。それに鈴を鳴らすような声。少女は不思議なほど亡くなった由記によく似ていた。

少女は島の言うことを理解したようだった。少し恥ずかしそうに再び歌い始めた。

ウールルル
オーロロロ
ユーラララルルラ
ユーラルルル
ルールルル
ルールルルル

オーロロ
オーロロロ

少女の名は、シカルンテといった。

翌日、シカルンテは薬草を持って島を訪ねてきた。皮膚病によく効くのだという。なるほどその薬草はよく効いた。焼けるようだった皮膚の熱を冷まし、痛みを鎮めてくれた。

その翌日、シカルンテはまた川辺で子守をしていた。島が、薬草のおかげでずいぶん良くなったと言うと、満足そうに笑った。

島と一緒にいる間、シカルンテは絶えず唇に歌を乗せた。歌は言葉の代わりだった。語りあう代わりにシカルンテは歌い、島はその歌声に身を委《ゆだ》ねた。

逸る心は鎮まっていった。焦りはどこかへ消えてしまい、いつまでもこうしていたい、とさえ思った。

三日後、シカルンテは姿を見せなかった。その次の日も、次の日も現れなかった。

「子守ばしよったあん少女《おなご》は、どがんした」

土地の者に聞いたが、誰も彼女の行方を知らなかった。

ほうぼう聞きまわって、役人の一人がやっと打ち明けたところによると、シカルンテは、仕事のために石狩に連れていかれたらしかった。

「なにゆえ、突然、石狩に」

「蝦夷地では、よくあることでございます」

島は、蝦夷地の各地で、アイヌが生まれ育った故郷や家族と引き離されて、過酷な労働に従事させられていることを知った。和人が無理やり、アイヌの女性を妾《めかけ》にすることもあるという。

「なんと。そがんこつ非道がまかり通るのか」

「そういう不埒《ふらち》な輩《やから》が、たまさか悪行を為すこともある、ということで……」

役人は言葉を濁した。

島は、シカルンテの親切を思うと、胸が張り裂けそうになった。

彼女は、島が和人だと知っていてもなお受け入れ、傷を癒《いや》してくれたではないか。温厚なアイヌたちは、そんなふうに和人に接しては、その優しさにつけ込まれ、搾取されているのではないか。

やがて奉行の一行が戻った。

「本復《ほんぷく》なされましたか。それは重畳《ちょうじょう》。早速、先へ進みましょうぞ」

島は、夢から覚めたように己を叱咤《しった》した。

先へ、先へ。留まってなどいられぬ。この地に先鞭《せんべん》をつけ、我が藩が蝦夷地を手に入れたその暁《あかつき》には、きっと……。

シカルンテの行方が、小さな針を呑み込んだように、いつまでも心に引っかかった。捜そうとしたが、虚しく終わった。

あのときからずっと、シカルンテの歌声が、島の心の片隅に住みついているのだった。

三

明治の北海道に来て、安政の蝦夷地の子守歌を聞くとは……。

疲れた体を横たえ、追憶に耽《ふけ》りながら、島はいつしか寝入った。

その夜、島は夢を見た。

美しい女が部屋に入ってきた夢を。

女は由記のようでもあり、シカルンテのようでもあった。色が抜けるように白く、艶やかな黒髪は日なたのにおいがした。

肌が透けて見えるような白い薄衣をまとい、袖をひらめかせながら、女は島に絡みついてきた。女の肌は温かかった。それなのによく見ると、その女の肌は、さらさらとした雪でできているのだった。

雪とは、かほどに温かいものなのか。

感嘆のため息とともに島が言うと、

ええ、団にょ様。左様でございます。

女が答えた。

団にょ様と呼ぶからには、やはり由記なのか、と思って顔を見るのだが、よくわからない。考えてみれば、大人になってからの由記を島は知らないのだった。まだその蕾《つぼみ》がほころぶ前に、彼女は死んでしまったのだから。

女は続けて言った。鈴の鳴るような優しい声で。

雪が冷たいなどと、誰が決めたのでしょう。雪は温かいのでございます。ほら、ね……。

島は、いつの間にか雪原に埋もれていた。大海原に漂うように、雪野原に漂っていた。

雪はちっとも冷たくなかった。柔らかく温かく滑らかで、まるで女の肌のように……。

ああ、温かい。

つぶやいたとき、島は目が覚めた。

四

はるか北西の方向に、富士によく似た羊蹄山《ようていざん》が、うっすらとその稜線をあらわにしていた。行く手には、切り立った崖のような山々がそびえ立っている。

いよいよ、山越えである。

連日の雪模様である。このぶんでは、間もなく平地も雪に閉ざされるだろう。その前に、できれば札幌の地の主な区画の測量を終わらせ、本府建設の目鼻をつけておきたい。一刻たりとも惜しい、と島は思った。

こんなとき、蒸気車があれば、飛ぶように銭函《ぜにばこ》まで行けるのに。

島は、ずっと以前に、閑叟公が作らせた蒸気車の模型のことを思い出した。

幕末の佐賀藩は、俗に〈肥前の蘭癖《らんぺき》大名〉と呼ばれた閑叟公のもと、幕府や他藩をはるかに凌《しの》ぐ西洋の科学技術を誇っていた。

佐賀では、鉄製大砲の製造や反射炉建設に成功したのみならず、安政二年（一八五五年）には、実際に動く蒸気船と蒸気車の精巧な模型が作られていたのである。そして、その技術を隠し立てすることなく、他藩からの見学者を受け入れた。日本全国から、見識の高い者たちはこぞって佐賀へ教えを乞いにきたものだ。

佐賀こそが日本の最先端であった。技術も知識も、そして気概も。明治日本を名実ともにけん引していくのは佐賀藩であると誰もが認めていたのだ。

それなのに、どうしたことか。中央政府では、薩摩、長州、土佐が、肥前を差し置いて大きな顔をしている。

殊に、薩摩は。

新政府を牛耳《ぎゅうじ》ろうと、薩摩は野心を隠さない。中央政府の実権は、あの怜悧《れいり》な薩摩の大久保が握らんとしている。

薩摩にとって、肥前は目障りに違いない。

徳川の御代《みよ》、日本最初の磁器の製作に成功した佐賀藩。やがて肥前磁器は、日本国内のみならず、世界中に輸出されるようになった。殊にヨーロッパでは、肥前磁器の優美な文様が珍重され、模倣されるまでになっていった。今から二百年も前から、佐賀は世界を見ていた。世界中のどこにもない稀有《けう》な文化を誇っていたのだ。

寛永の昔から長崎警備を仰《おお》せつかっていた佐賀藩は、長崎を拠点に異国と相互に刺激し合い、技術や文化が高められる土壌ができていた。佐賀が西洋の技術や交易に長《た》けたのも、当然のことだった。

その技術と知識の系譜は、今もって健在である。

東京の中央政府では、佐賀の矜持《きようじ》を誇るかのように、江藤新平《えとうしんぺい》、大隈重信《おおくましげのぶ》、副島種臣《そえじまたねおみ》らが、高官として辣腕《らつわん》を振るっている。皆、佐賀の結社、義祭《ぎさい》同盟で切磋琢磨してきた同志である。

かつてやんちゃだったあん若者たちが、よくもここまで育ったものよ。ひと回り以上年上の島には、彼らのがむしゃらな活躍がまぶしく見えた。それだけに、いつ薩摩に足を引っ張られやしないかと案じてもいた。

だからこそ、この北海道では、おいがきばらにゃいかん。

そもそも初代開拓長官を拝命したのは、佐賀の鍋島閑叟公である。島はその懐《ふところ》刀《がたな》として開拓判官を拝命し、石狩開拓と本府建設を任されるはずであった。それが、閑叟公が開拓長官を辞してのち、雲行きが怪しくなってきた。島は、新長官や他の判官たちと共に、函館で足止めを食わされる形になった。

薩摩が横槍を入れようとしているのではないか。肥前を追い落とそうと。

危惧はますますつのった。

「これから、冬に向かうというのに、無茶だ」

「本府建設には、十分な準備を以《もっ》て当たる必要がございます」

判官たちが何を言っても、詭弁《きべん》に聞こえた。真に受けて引き下がれば、薩摩の思う壺ではないか。

長官や判官たちが引きとめるのも構わず、島は単独、札幌に乗り込むと決めた。病に侵され、出仕もままならぬ閑叟公の無念を思う。殿は、おいに蝦夷地を託された。函館で、ただ漫然と手をつかねているわけにはいかぬ。

背の笈をゆすり上げ、ひと息つきながら天を仰いだ。

つい先ほどまで広がっていた澄んだ水色の空が、灰色の雲に覆われていた。いつのまにか鳥の声がやんでいた。

また、雪か。

思った通り、やがてひとひら、ふたひら、と雪が舞い始めた。

雪はみるみる勢いを増し、気がつけば、視線をさえぎる白い帳《とばり》が行く手を覆った。

一寸先は闇。しかし、その闇は暗くはない。目にまぶしいほどの白い〈闇〉である。

島は、重なり合いまとわりつく雪の帳を何枚も何枚も掻き分けるかのようにして、前進を続けたが、とうとう足元がおぼつかなくなった。吹雪のひどさに馬も立ち往生している。

「判官様っ！　この雪では、難儀致します。雪がやむまで、休息してはいかがでしょうかっ！」

随員が、風音に抗い叫ぶように言った。

「ならぬ。前進あるのみ。ものども、ついて参れ」

島は随員たちを叱咤して、歩みを緩めなかった。

雪つぶてが頬を打つ。視界は激しい吹雪に閉ざされて、目を開けることすらできない。

深雪《しんせつ》に足をとられ、馬も、島もよろけた。

ウールルル

オーロロロ……。

そのとき、またどこからか、女の歌声が聞こえてきた。

ウールルゥ
オーロロ
ユーラルルラ
ユーラルルゥ……。
ふと島は、吹雪の向こうに、着物の白い袖がひらめくのを見たような気がした。
ほっそりとした女の後ろ姿が、見えたような気がした。
由記？　まさか。では、シカルンテ？
「おい！　待て！」
島は白い闇に向かって叫んだ。
吹雪の向こうに、乱れた長い黒髪が見えた。小さな白い顔が振り返った。濃い眉、
つぶらな瞳……。
それは、確かにシカルンテだった。
「待たんか！　そなたは……」
白い袖がひるがえり、木々の合間に遠ざかっていく。

「待ってくれ！」

島は、吹雪の向こうに消えていく女の姿を追いかけた。

「判官様ぁ……」

随員の声が遠のいていく。島は雪嵐に呑まれた。

一寸先も見えない、息もできない、白い闇の小箱の中に閉じ込められているかのようだった。

もう進めぬ……。

「判官様、ご無事でしょうかっ！」

随員が、息を切らしてやっと追いついてきて叫んだ。

「女を見なかったか？ 白い着物を着た若い女だ。アイヌの！」

吹雪に負けぬよう、島も怒鳴り返した。

随員は、困惑したように笠の奥で眉をひそめた。

「いいえ、見ませんでした」

「確かに、林のほうに向かっていった」

「山歩きのアイヌの女かもしれません。しかし、この吹雪の中で、白い着物一枚とは思えませんが」

すると、役人に付き従っていた下人が、独り言《ご》ちた。

「……雪女郎でねえべか」

「ゆきじょろう、だと？」

「んだ、男を惑わすあやかしだ」

役人が、「こら黙れ、無礼であるぞ」と叱責すると、下人は肩をすくめて後ずさった。

「あやかしなどと、そんなものではない。わたしは確かに、この目で見たのだ」

大人びていたとはいえ、確かに、あれはシカルンテだった。もしかしたら、この近くのコタンに暮らしているのではないか。いきなり和人の一行に出くわしたので、怖がって逃げたのではないか。

おいだ、と言えばよかった。以前千歳で療治の助けをしてもらった者だ、ずっと捜していたのだ、と伝えたなら、足を止めたかもしれない。

島は、女の姿が消えたほうへ目を凝らした。

すっと黒い影がよぎったように思えた。

「おーい、そこの者っ！」

島は叫んで、駆けだした。

雪つぶてが総身を打つ。風が体を押し返してくる。

「おーいっ!」

そのとき、唐突に風がやんだ。そして突然、ぽかりと青空が顔を出した。

雲がみるみる切れていき、日差しがあたりを明るく照らした。まるで別世界のよう
なきらきらと輝く雪原が目の前に広がっていた。女の姿はどこにも見えない。

狐に化かされたか?

ばさり、と音を立てて、笠に積もっていた雪が落ちた。

島は我に返った。白銀の世界の真ん中に、黒い影が見えた。

女ではない。あれは……。

「熊か?」

島はその場に凍りついた。黒い影がゆっくりと立ち上がり、こちらを向いた。

下人が、素っ頓狂な声を上げた。

「あんれまあ、ありゃ、ミスター・ブラキストンではございませんか」

熊かと見違えたのは、人間の男であった。それも、六尺豊かな異人である。

「見知っておるのか」

「はい」随員が答えた。「ミスター・ブラキストンといって、函館じゃ、ちょっとし

た名士でございます。貿易商でもあり、学者でもございます。そりゃもう、我々よりも、よほど蝦夷地……北海道のことについちゃ、詳しいくらいでして。測量や気象観測といった西洋技術はお手のものでございますから、箱館奉行時代から、何かと世話になっております」

「ほう、測量か。それはいい。日本語を解するのか」

「流暢《りゅうちょう》なものでございます」

「本府の測量には人手がいる。手伝いを頼めぬだろうか」

「かしこまりました。たずねてみましょう」

随員にうながされ、ブラキストンは、ゆっくりと近づいてきた。

秀でた額。高い鼻梁《びりょう》。熊かと見まごう豊かな髭《ひげ》。何よりその堂々たる体格に圧倒されそうになるが、くぼんだ眼窩《がんか》の奥の瞳は、案外優し気に島を見つめていた。

「こちらは、開拓判官、島様でございます。本府建設のため、石狩へ赴任の途上にございます」

ブラキストンは、島に向かって慇懃《いんぎん》に会釈をした。

「トマス・ブラキストンと申します。箱館府より、東蝦夷地の難破船を回収する仕事を請け負いまして、これから石狩に参るところでございます」

「左様か。それはご苦労であった」

またちらほらと雪が降り出してきた。随員が言った。

「ところで、ブラキストン殿、本府建設に当たり、判官様が、ぜひとも、そこもとの手を借りたいとおっしゃっている。ご都合が良ければ、後日、石狩から銭函へ戻られた上で、札幌まで同道願いたいのだが、いかがであろうか?」

「オウ、サッポロ? この季節に? 無茶だ!」

ブラキストンは、深い眼窩の奥の目を驚いたように見開くと、肩をすくめ、濃い髭の奥で薄く笑った。

「なぜ、こんな季節に建設を始めようというのですか。それが新政府のやり方だとしたら、愚かです」

「何っ」

島は憤然とした。

雪深い季節に本府建設を始めるなんて無茶だということは、わかりすぎるほどわかっていた。だが、まごまごしてはいられないのだ。中央政府の足の引っ張り合いが北海道へ及ぶ前に、本府に手をかけねばならない。薩摩が肥前を外そうと画策する前に、外堀を埋めてしまうのだ。

島は、再度、ブラキストンに尋ねた。

「どうしても、同道してはいただけないのか」

「申し訳ございませんが、季節が悪すぎます。来年、春になり、雪が解けたら、ご協力できるかもしれません」

慇懃に、しかしきっぱりとブラキストンは拒絶した。

「判官様、どうぞお気をつけておいでくださいませ。では、失礼いたします」

深々と礼をして、ブラキストンは足早に遠ざかっていった。

まるで焰《ほのお》が燃えるように、島の腹の底が熱く滾った。

待ってなどいられるか。

空が再び雲に閉ざされ、雪が強くなってきた。遅れていた行列がやっと追いついてきた。

「参るぞ、急げ！」

ブラキストンの姿はもう見えなくなっていた。

その夜もまた、島は夢を見た。

例の女が白い袖を翻《ひるがえ》し、島の前を駆けていく。

待て、待ってくれ、と言おうとするのだが、声が出ない。まるで鎖でつながれているようで、足もうまく動かない。女はどんどん遠ざかっていく。やがて女の姿が消えた。子守歌だけが、残り香のようにいつまでも島の周りに漂っていた。

五

十月十二日。

一行は、ようよう銭函に到着、開拓使仮役所を設置した。

港町は冬支度を終えていた。雪深い冬の間は店を閉め、過ごしやすい函館で春を待つのだ、と話している者もいた。

「こっだら真冬に、本府を建てろ、なんて狂気の沙汰でねが」

島は、下役人たちが囁き合うのを耳にした。

下郎どもには、責を負う者の心中など、わからぬことよ。本府建設を任されたからには、少しでも早くその地に足を踏み入れる、それが肝要なのだ。

島は、銭函の本陣に、御霊代を納めた櫃を仮安置した。

北海道を平らかにせんと邁進《まいしん》する我らを、必ずや、神々はお守りくださるであろう。

ふふふ。

島は、はたと周囲を見回した。ほくそ笑むような若い女の笑い声が聞こえたような気がしたのだ。

ふふふ、ふ。うふふ……。

部屋の中には誰もいない。島は、襖《ふすま》を勢いよく開けた。

「あっ、判官様、何か御用でござりましょうか」

執務中の役人たち、大主典《だいさかん》や少主典の面々が、驚いたようにこちらを見た。若い女など、どこにもいない。

「いや……何でもない」

言いよどんで襖を閉めようとすると、十文字《じゅうもんじ》龍介《りゅうすけ》大主典が進み出て言った。

「判官様、急ぎご相談いたしたき儀がございます」

「何ごとですか」

島は丁寧に応じた。

十文字大主典は、仙台藩出身、島より十ほど年長である。しかも、江戸の昌平黌《しょうへいこう》で学んだ秀才で、蝦夷地のことにも詳しい。島は、幕末の江戸遊学中に知己を得たこの碩学《せきがく》を、身分を超えて、今なお兄事《けいじ》していた。

十文字は、額に刻まれた皺を更に深くして告げた。

「米が足りなくなりそうです」

物資を積んで品川を出航したはずの船が、まだ銭函に到着していなかった。

「買い付けはどうなっていますか」

「それが……」

十文字は言葉を詰まらせた。

「……どこへ頼んでも、米はない、の一点張りで手に入りません。小樽や石狩で、少量ずつ買い付けておりますが、それも、こちらが開拓使だと知られれば、売り渋る始末で……」

「何ですと？　開拓使には売らぬ、というのですか」

「はい。ですから、買い付けの時は、石狩に住んでいる者を手先に雇い、開拓使だとわからぬように、買い物掛《がかり》の手伝いをさせています」

「何ゆえ売り渋りなど……」

「兵部省《ひょうぶ》の差し金らしいのです」

明治二年（一八六九年）の官制改革の折、開拓使が設置されたが、小樽や発寒《はっさむ》、石狩一帯は、なお兵部省の管轄であった。戊辰戦争での会津降伏人を彼の地に移住させる計画が、すでに進んでいたのである。そこに本府建設という大事業が降ってわいて、札幌の周辺、すなわち石狩の一部に開拓使が割り込む形となったのだ。

島としては、縄張り争いをするつもりなど毛頭ない。むしろ兵部省と協力して事に当たるつもりであった。

島は、銭函到着後、すぐに兵部省の井上弥吉大録《いのうえやきちだいさかん》らと合議の上、互いの支配地の境界を明確にした。東京の政府にも直接申し入れをした。多少の不安は残りつつも、争いの種は取り除いたつもりであった。

だが、ただでさえ不自由の多い冬の北海道である。そこに兵部省の役人や入植者に加え、開拓使の役人、職人、人足などが一度に押し寄せ、物資不足に陥ったのは事実であった。

しかもこの年は、度重なる戦に追い打ちをかけるような凶作であった。廻米を頼んだにもかかわらず、冬の荒波に阻まれたのか、待てど暮らせど船は来ない。補給を絶たれて、食糧不足は深刻になっていた。足りない物資を争って、下働きの者たちが反目し合うというのはあり得ることだ。

「巷間《こうかん》では、長州と佐賀の藩閥争いだ、などと、まことしやかに囁かれておりますが……」

十文字が遠慮がちに島を見上げた。

開拓使の島は佐賀出身、そして兵部省の井上は長州出身である。

「馬鹿な。下らん」

開拓使には売らぬ、だと？　馬鹿にしおって。

黒い悪意を、島は感じた。

開拓使には売らぬ、それはすなわち、肥前には売らぬ、ということであると、わかっての所業であるか。

腹の底から熱いものが滾るのを、島は感じた。

受けて立とうではないか。

島はすでに、ぬかりなく、打てるだけの手を打っていた。長官にも、中央にも、話は通してある。誰にも文句を言われる筋合いはない。

だが、とにかく米がない。すでに札幌には、現場の職人や人足たちを送り込んでしまった。なんとかしなくてはならない。

米はあるはずだ、きっと、どこかに。

島は考えを巡らせた。

「備蓄米が残っているのではありませんか？」

北海道では、松前藩の昔から、漁場での商いが商業の中心であった。『場所』という商い場を仕切る『場所請負商人』から運上金を徴収することで、藩は成り立っていたのである。その制度は、形を変えつつも、新政府へと受け継がれてきた。

場所請負商人。それは蝦夷地を牛耳る、いわば土着の御用商人である。

「場所請負人の蔵に、まだ備蓄米があるでしょう。それを供出させるしかあるまい」

だが、十文字は苦い顔で言葉を濁した。

「もうこれ以上は……」

すでに供出は行われていた。これ以上、米を取り上げられては、場所請負人も死活問題である。そう言いたいのだ。

しかし、事は急を要する。

「何よりも優先すべきは、本府建設ではありませんか」

「はい。しかし……」

島は意を決した。

「場所請負制度を廃止する」

「え、今なんと仰せられましたか」

「場所請負人を廃止するのです。そして、請負人が備蓄している非常用の米を残らず供出させるのです」

「し、しかし、判官様、それでは、開拓使本庁の方針にそむくのではございませんか。それに、首を切られては、場所請負人が黙ってはおりませぬ」

だが、石狩は緊急事態である。今こそ強硬手段をとるときだと島は思った。

「ただ切り捨てはしません。請負人たちを開拓使下僚《かりよう》に任命するのです。備蓄米は残らず供出、足りなければ、開拓使の名のもとに、更に米を調達させるのです。彼らは顔がきくだろうから、必ず役に立つはずです。加えて、請負人抱えの出稼ぎ人も、人足として雇うのです。人手も増える。一石二鳥です」

「は、判官様……」

反論の言葉を探す十文字に構わず、島は、若い役人たちを怒鳴りつけた。

「何をしている。腹が減っては戦ができぬぞ。米を集めろ。すぐに取りかかれ！」

余市《よいち》、忍路《おしよろ》、古平《ふるびら》、美国《びくに》、積丹《しやこたん》……島は、管轄する西地十三郡の場所請負人を廃止して、備蓄米を供出させた。そして、請負人や支配人たちを開拓使役人とした。

「米も人も、札幌に集めるのじゃ」

請負人たちは、突然の命令に反発した。しかし、島は譲らなかった。

「責任は、開拓判官・島義勇、このわたしが取る」

その一言で、山が動くように、米がぞくぞくと札幌に運ばれた。

六

十一月になって、島はいよいよ札幌入りした。

北海道石狩国札幌郡。

銭函より四里余、手宮《てみや》より七里余、石狩より五里。四方広漠とした沃野《よくや》は、石狩と手宮を両翼とし、千歳郡、室蘭郡へと大道を開けば、まさに四通八達の地となる。

吐く息が白い。睫毛《まつげ》も白く凍る。あたりはすっかり雪景色であった。

「んでねえっで！　そっちさ、もっど、引っ張っでくれろ！」

頬かむりの人足が、荒っぽい言葉で叫んでいた。聞き覚えがあると思ったら、赤ら顔で怒鳴っているのは、人足ではなく、開拓使役人である少主典であった。上級役人がもっこも担げば、斧《おの》も持つ。上も下もなく、皆が雪と泥にまみれて、凍えながら働いていた。

普請場の中央を、幅五間《けん》ほどの川が流れていた。南から北へまっすぐに掘削された人工の堀である。

「この堀は」

「はい。箱館奉行所時代に開墾を始めた御手作場《おてさくば》に引いた用水でございます」

「ほう、御手作場というと、開墾掛の大友亀太郎《おおともかめたろう》の仕事じゃな」

「左様でございます」

幕末、箱館奉行所の指図で、原野に御手作場が開かれた。差配をしたのが、大友亀太郎である。

大友は、相模国《さがみのくに》の農民の出である。幕府御普請役格も務めた二宮尊徳《にのみやそんとく》に弟子入りして、開墾技術を習得した。幕府のたっての願いを受け、老齢の尊徳の代わりに兄弟子と共に蝦夷地に渡り、箱館近郊の木古内《きこない》、大野《おおの》村の開墾を見事やり遂げた。そして大友は、その高い技術を買われ、とうとうその手に札幌御手作場を任されたのだ。用水を中心に広がる村落は、今ではかなりの大きさになる。

「皆を集めろ」

「ははっ」

役宅の広間で、役人たちを前に、島はあらためて本府図を広げた。

石狩国本府指図。

北端に三百間四方の石狩国本府。周囲に堀が巡らされている。北側にも堀、そして、土居《どい》。本府正面には、幅十二間の大道が南北にのびる。大道の両側には、長官邸、判官邸などの役宅、病院や学校が並ぶ。南側の空閑地には、さながら城壁のような土居を設け、官と民とを区分けする。空閑地の先が本町、すなわち商業地である。

「でっけえなあ、まるでお城みてえだ」

下役人の一人が、感嘆のため息とともにつぶやいた。

巨大な本府、南北に貫く大道。居並ぶ役宅。

それはまさに、長年佐賀が先頭に立って推し進めてきた、明治の新世界たる都であった。

ここに、閑叟公をお招きしたかった。

しかし、長官の職を退いた閑叟公が、本府を訪れることはないだろう。

ここまでの道筋をつけたのは、殿のご尽力のおかげではないか。

北海道が蝦夷地と呼ばれていた時代から、佐賀の人間たちは、この土地の行く末を慮《おもんぱか》ってきた。閑叟公が初代開拓長官に任命されたのも、そういう経緯があってこそである。

佐賀こそが、大君のもと、神々のご加護をいただいて北海道を治めるべきなのだ。

賽《さい》は投げられた。

もう、後戻りはできぬ。

島は夢を見た。

夢の中で島は、自ら槌《つち》を手に、巨大な城を作り上げていた。

ウールルル

オーロロロ

心地よい子守歌を歌いながら、女がじっと島を見つめる。

おう、何が言いたい？

女は答えない。ただ静かに歌い続けている。

ウールルル
オーロロロ
ユーラルルラ
ユーラルルル……。

逸っていた心持ちが、次第に平らかになっていく。島は、槌を持つ手を止めた。

「団にょ様は、ふうけもんじゃっけん、どがんもならん」

由記の声がはっきりと耳に響いた。

島は愕然《がくぜん》とした。

おいは、ふうけもんか？　由記。おいのやり方は、間違うとるか？

目を転じると、広漠とした雪野原が広がっていた。建てたはずの家屋も、城も、何もかも、うずたかく積もった雪に埋もれてしまっていた。

ただ茫漠とした白い原野と、鈴を鳴らすような歌声が。

ウールルゥ
オーロロロ
ユーラルルラ
ユーラルルゥ……。

凍えるような寒さで目が覚めると、遠くで槌の音がした。

今日も雪が降っていた。

『こっだら真冬に、本府を建てろ、なんて狂気の沙汰でねが』

『オウ、サッポロ？　この季節に？　無茶だ！』

人足やブラキストンの声が苦々しく蘇った。

言いたい奴には言わせておけ。男が一旦、立ったからには、引き下がれるわけがない。

逆境は、焚きつけのように、島の心を奮起させた。弱気な夢など、起き上がる頃には忘れていた。

やらんばいかん。たとえ風雪に阻まれようと、とにかく前に進むのだ。

島は障子戸を開けた。凍てつくような風が細雪《ささめゆき》を運んできた。

ウールルル

オーロロ……。

子守歌が。

まさか。あの女を見たのは、銭函へ向かう峠道である。あの女がシカルンテだとしても、札幌にいるはずがない。

島は外へ飛び出した。白い着物の女が、林の中に消えていくのが見えたような気がした。

雪女郎……いや、そのようなあやかしが見えるはずなどない。見間違いか。それとも、本当にシカルンテがここまでやってきたのでは……。

島は我に返った。子守歌に酔っている場合ではなかった。

普請場に人が増えていた。札幌に行けばいくらでも仕事がある、そんな噂が流れていたのだ。

確かに仕事はいくらでもある。しかし、皮肉にも、人が集まれば集まるほど、いくらかき集めても食料がじき底をつく。

当面は乗り切れるだろう。だが、たとえこの冬が乗り切れても、またすぐに冬が来る。本府建設は続く。同じことを繰り返さないためにも、早急に畑を耕し、食料を確保しなくてはならない。

札幌近辺には、すでに開墾村がいくつかできていたが、まだまだ足りない。村落を大きくするには、それを差配する優秀な人間が必要だった。

「御手作場を差配した男がおりましたな」

「大友亀太郎でございますか」

十文字が即答した。

「力を借りたい」


ところが、やっと現れた大友は、けんもほろろであった。

「わたしの所属は兵部省でございます。只今も、兵部省のもと、開墾作業に従事しております。したがって、開拓使のお手伝いはできかねます」

「そこもとには、開拓使に来てもらいたい。北海道全土の開拓は、じきに開拓使の支配となる」

大友は答えなかった。

「元はと言えば、そこもとが手掛けた村ではないか。引き続いて、仕事をしてくれればよいというだけのこと。是非とも、力を借りたいのじゃ」

開拓判官である島がそこまで言っても、大友は首を縦に振らなかった。そればかりか、眉をひそめてつぶやいた。

「少し、強引ではございますまいか」

「何？」

島は思わず、腰を浮かせた。

大友は、ひるむ様子もなく、その逞しい両手を、しんと膝に置いたまま続けた。

「わたしどもは、農地を広げるために、遠く山のふもとから御手作場まで、四里に渡って水を引いてきたのでございます」

「うむ。存じておる」

「ところが、まさにその真ん中に、判官様は本府をお建てになろうとなさる。これでは、農地を広げることができません」

確かに、島の本府建設予定地には、すでに用水が引かれていた。しかし、地形といい、位置といい、その地が本府には最適であったのだ。

大友は続けて言った。

「判官様におかれましては、この真冬に、突然の本府建設、続いての村落形成、少し先を急ぎ過ぎてはおられませんか。入念な準備を……」

「無礼じゃ！」

図星を突かれて、島は頭に血が上った。大友の言うように、のんびりと事を構えることができるなら、どんなにいいか知れない。だが、車輪は坂を転がり始めた。止めることは、すなわち負けることだ。

「申し訳ございません」

大友はすぐに引き下がった。しかし、言葉とは裏腹に、鋭い眼光が島をねめつけていた。

大友は強い口調で続けた。

「わたしは、安政の世に、箱館奉行より御手作場を託されました。その折、お奉行様といえども、口出しも手出しも無用、すべてわたしに任せていただくという条件で、お引き受けしたのでございます。そのうえで、入念な準備を致し、三十年の先を見越して、用水を引き、土地を拓いたのでございます。恐れながら判官様には、札幌の農地を、この大友亀太郎に託す御覚悟がおありでしょうか」

「それは……」

札幌本府。それは、旧幕時代からの、いわば肥前の威信をかけた計画であった。それが、明治の世となった今、島の差配のもとで、ようやっと動き出したのだ。今更、人に託すことなどできない。

「そこもとには、わたしの指示のもと、働いてもらいたい。むろん、ある程度は……」

「ある程度では、話になりません」

大友はきっぱりと言った。

「まず、本府の位置をご再考願いとうございます。すべてはそれから……」

「口出しは無用じゃ！」

ところが、島の剣幕はどこ吹く風と、大友は淡々と語り続けた。

「ご無礼申し上げるつもりは毛頭ござりませぬ。しかれども判官様、場所の選定、測量、移民の手配、諸々すべて、一から十まで、お任せくださらなくては、成果はお約束できません」

「わたしのやり方が気に入らぬと言うのか」

「お役には立てませぬ」

大友は恭々しく一礼した。そして、静かに告げた。

「わたしは、旧幕府時代にこの札幌に御手作場を開いて四年この方、一心に農地を拓いて参りました。この地に根を下ろす人々のことだけを考えて参りました。ところが、このようなご時世でござりますれば、何もかも、今までとは勝手が違ってしまいました。御上《おかみ》のご命令とはいえ、今のわたしには、十分な御奉公ができるとは思えませぬ」

大友が、ちらと島を見上げた。島はその眼光に一瞬、ひるんだ。大友にとっては、島もまた、幕府時代から続けてきた大友の仕事を邪魔する、明治新政府のお偉方の一人でしかないのかもしれない、と思った。

「判官様、誠に勝手ながら、お申しつけの儀、ご辞退申し上げる次第でござります」

大友の真摯な言葉に、島はうなずくほかなかった。

おいが譲れぬように、こん男も、譲れぬのだ。

札幌に戻る道すがら、島は大友の言葉を反芻《はんすう》した。

『少し先を急ぎ過ぎてはおられませんか……』

だが、突き進むしかなかった。たとえそれが、大友の目には、無謀に映ったとしても。

北海道は、奔馬《ほんば》だ。誰もが手綱《たづな》を握りたがる、白い嵐の猛《たけ》り狂う奔馬。乗りこなさねばならぬ。手綱を緩めれば、ただちに振り落とされるだろう。

走り続けるのだ、わき目もふらず。春になれば、すべてがうまく回りだす。きっと。

春になれば。

今さら、投げ出せるはずもない。

回る車輪は止められない。立ちはだかる難関を、くぐりぬけねばならない。

大友は去ったが、人はあの男ばかりではない。

島は気を取り直し、新たに、東北各地から札幌周辺への移住民を募る計画を立てた。早急に農民を増やして、食料を自給する必要があった。

真冬の札幌で、本府建設は着々と進められていた。

役宅が五軒。本陣一軒。旅籠屋《はたご》一軒。大工や鍛冶屋《かじ》、人足小屋が五、六軒。いたるところに町割りの棒杭が立ち、普請のために人足たちが雪を掘る。

昨年十月、銭函に到着してからかれこれ四か月。札幌入りからは、まだたった三か月しか経っていない。厳冬の只中で、不自由に苦しみながら、ひたすらに突っ走ってきた甲斐あって、本府の基盤が少しずつ整ってきた。

どうせ作るなら、人の度肝を抜くような素晴らしい町を。文句のつけようもないほどの。

予算は島の手中にある。つぎ込んだぶんだけ成果は上がる、いや、上げてみせよう。薩摩が手ぐすね引いて、島の邪魔をしてくるだろうことはわかっていた。だからこそ、有無を言わせぬほどの本府を建てて、薩摩の芋侍どもの鼻を明かしてやるのだ。

ここからが、正念場だ。

原野に、やがて堅牢な都市が立ち上がっていくのが、島の目には見えた。

七

明治三年（一八七〇年）二月初旬。

まだ雪は深いが、日に日に春めく日差しの下で、槌音が高らかに響いていた。

ようやく、見えてきた。

島は、やがて木や草花が一斉に芽吹くであろう大地を見渡した。

人足たちの怒号も、雪解けの季節を目の前にして、どこか弾んでいるようである。

「判官様、判官様！」

下役人が、東京からの急ぎの書状を持ってきたのは、そんな日であった。

「どうした、何かあったのか」

「こちらを」

下僚の差し出す一通の書状を受け取り、何気なく開いて、島は当惑した。

『御用有之、帰京被仰付候事』

東京の政府から、突然の帰京命令である。島の上司である東《ひがし》久世《くぜ》開拓長官は、ひと足先に、函館から上京したらしい。

いったい、何事であろうか。

帰京すれば、しばらくは戻ってこられない。懸案は山積みであった。しかし、命令に背くわけにはいかない。敵につけ込む隙を与えてはならない。

「十文字殿、札幌をしばし貴公に任せる。くれぐれもよろしゅうお頼み申す」

「ははっ。承りましてございます」

十文字に後事を託し、後ろ髪を引かれる思いで、島は急ぎ帰京した。

二月二十三日に函館到着。三月二十一日に函館出航、同二十五日に、東京旧官宅に帰着。

そして島は、そこで初めて、自分が、開拓判官を罷免《ひめん》されたと知ったのだ。

罷免じゃと？

俄《にわ》かには信じられなかった。

『長官の下知《げじ》を聞かず、独断専行し、財政の窮乏をもたらした』かどで、島は、東久世長官によって、告発されたのである。

確かに、島のやり方は強引であったかもしれない。特に、場所請負人を廃止したことについては、大きな問題を引き起こし、函館でも騒ぎになったという。

だが島は、予算の一部を託され、本府建設の権限を委ねられたのだ。諸般の取り計らいについては、あらかじめ政府の了承をとっている。長官も納得済みではなかったか。突然の、だまし討ちのような罷免など、とても受け入れられるものではない。

島は太政官へ赴いた。ことによっては、刺し違えんばかりの覚悟であった。

ところが、告発した張本人であるはずの東久世の態度は、ごく穏やかなものだった。

「斯様《かよう》な処分となってしまったことを、麿《まろ》も遺憾に思うておるのじゃ。なにしろ、新政府内での開拓使の評判は散々でのう。開拓使ばかり予算を使いすぎるだのなんだのと……誰かが責を負わねばならぬと、突き上げられて、島殿を呼び戻さぬわけには参らず、力及ばず……許してたもれ」

本意ではなかった、と言わんばかりに、東久世は薄い眉を寄せるのであった。

まもなく島には、三条卿《さんじようきよう》や岩倉《いわくら》卿の面前で、申し開きの場が与えられた。その結果、直《ただ》ちに大学少監に任じられた。表向きは官位一等の昇進であるが、島にとっては、身を持て余す閑職であり、左遷に他ならなかった。

北海道開拓の前線から、体《てい》よく追い払われたのだ。

「わたしには、北海道で、まだまだやり残したことがございます」

東久世に食い下がったが、相手にされなかった。

「後のことは、後任に任せることじゃ。もう気が済んだであろう、な?」

東久世は奥歯に物が挟まったような調子でそう言い、誰も彼もが、島を遠巻きにした。

島の後任は、岩村《いわむら》開拓判官であるという。長官は、東久世のままで、開拓次官の席には、樺太専任として、黒田清隆《くろだきよたか》が座るという。

土佐の岩村、薩摩の黒田。

もうそこには、肥前・佐賀の入る隙間など、どこにもなかった。

島は、今やっと、すべてが誰かの作った筋書きどおりに進んでいたのだ、と気がついた。

極寒の北海道。突然の石狩出張命令撤回。足止めを食わされたからこそ、島は危機感を募らせ、皆の止めるのも聞かず、単騎《たんき》で本府建設に乗り込んだ。だが、長官も中央政府も、静観を決め込んだではないか。そればかりか、島に予算と権限を与え、好きなようにやらせたのだ。突っ走るだけ突っ走らせておいて、そして、ようよう軌道に乗ったかというときになって、突然、責任を問うての罷免である。

これが、薩摩・大久保の描いた絵か。

踊らされたのか、おいが、ふうけもんじゃっけん……。

島は、なぜかふいに、大友亀太郎のことを思い出した。島の慰留を断った二宮尊徳の弟子。

『……何もかも、今までとは勝手が違ってしまいました。御上のご命令とはいえ……』

あの男はそう言って、鋭い眼差しを島に向けた。まるで、中央の役人の勝手な差配には、うんざりだと言わんばかりに。

まさか、その島が左遷の憂き目にあうとは、大友は思いもしないことだろうに。

おいを追い落としたのは、薩摩か。

徳川の御代より、遥か先を走っていた肥前は、薩摩にとって目の上のたんこぶだったのだ。

おのれ、このまま引き下がるものか。

島は諦めなかった。

薩摩に北海道を任せることはできぬ。

有無を言わせぬそのやり口が、島には目に見えるようだった。

薩摩が北海道を手中に収めてしまえば、その土地と人々を力でねじ伏せようとするに決まっている。ちょうど、琉球をそうしたように。

十年前の蝦夷地調査の折の決意と、果たせなかった悔恨が、島の心中に滾っていた。故郷を追われたシカルンテ。どうにもしてやれなかった。

待っておれ。いつかおいが北海道へ返り咲く日が来たなら、その折にはきっと……。

若かりし頃より、尊王思想にのめりこみ、国学に傾倒してきた島である。大学少監として職務に励む一方、開拓使へ関わる機会をうかがった。

しかし、折悪しく、大学内での主導権争いに巻き込まれ、足をすくわれるように、またもや罷免を余儀なくされた。

明治四年（一八七一年）正月。

失意の島を、訃報が襲った。ずっと病床にあった閑叟公が、とうとう亡くなったのである。

島の中で、旧時代が音を立てて崩れ去った。

八

明治四年（一八七一年）七月。閑叟公の死から、半年後。

島は、今度は天皇の侍従に任命された。御上のお側近く仕える有難い身分ではありながら、そこは新時代開拓の前線からは遠かった。島の滾る血潮は、老成とは馴染《なじ》まず、なおも勇躍の時をじりじりと待っていた。

しかし、その職も束の間、同月実施された廃藩置県を受けて、わずか五か月後の十二月に、秋田県の県令を拝命したのである。

久しぶりに、島は体中の血潮が熱く滾るのを感じた。

中央との交通も開けず、すなわち文化も開けず、自然寒気も厳しい奥羽《おうう》の地。その土地は、島が建てることの叶わなかった札幌本府に似ていた。

海路を確保し、この地を開放するのだ。

翌年二月、意気揚々と現地に赴任した島は、八郎潟《はちろうがた》の開港を目指し、仕事に取りかかった。土木工事、県庁舎移転、医院洋学校の充実……。

佐賀の底力を見せてやろう。

それは、大事業であった。立ちはだかるのは、予算の壁である。

六月、島は早速、上申書を携えて上京した。

「通すわけには参りませんな」

大蔵大輔《たいふ》井上馨《かおる》は、島の上申書を見るなり、申し訳なさそうにため息をついた。

長州藩出身、伊藤博文《いとうひろぶみ》と共に留学経験もある、頭も切れれば肝も座った、いわば、維新の申し子のような男である。

「島さん、地方はどこも、あなたのように中央政府に要求するばかりでございましてね、政府も頭が痛いのですよ」

年長者に対する礼儀をわきまえつつも、井上は、きっぱりと島の意向をはねつけた。

島は食い下がった。

「これは、秋田だけの問題ではない。国として、海路の確保が重要だと申しておるのだ」

「左様ではございますが、無理なものは無理でございます。島さん、あなた、あいかわらず無茶ばかりなさる。今だに独断専行が旗印ですか。北海道のことで、まだ懲りないと見える……」

「何じゃと」

北海道を引き合いに出されて、島は頭に血が上った。志半ばでの突然の帰京命令、そして、罷免。今や、中央も、北海道も、薩摩の牙城《がじょう》となりつつある。長州閥は、薩摩とうまく渡り合い、生き残りを図るようだが。

「……貴様ら、佐賀に何の恨みがある。共に戦い、新時代を勝ち取ったのではなかったか」

「恨みなどございません。ただ、肥前のお方は、才走る気味がございますな」

島は、ふと、中央政府で八面六臂《はちめんろっぴ》の活躍をする、同郷の江藤新平のことを案じた。文部大輔、司法卿と歴任する若く才能豊かな肥前の星。あの切れ味の鋭さは、鮮やかに敵を切り捨て、時に己をも斬るかもしれない。

島は一歩も引かなかった。一方、井上も、折れようとはしなかった。

「島さん、あなたの方針と、政府の方針とは相容れぬのです」

役所を後にする島の耳に、下役人の噂する声が聞こえた。

「ああ、あれが、島義勇、肥前の」

「張り切り過ぎて、また弾き出されるか」

「大人しくしておれば、閑職なりとつけようものを。上意下達《じょういかたつ》。官吏とはそういうものではないか。奔馬は命がいくつあっても足りぬ」

島は間もなく、秋田県令を免官となった。

九

明治七年（一八七四年）。

島は東京にいた。

折しも、まるで溜まっていた維新の膿《うみ》が噴き出すように、各地で士族の反乱が勃発していた。

佐賀も例外ではなかった。憂国《ゆうこく》党という、封建時代への復帰をのぞむ士族集団が結成され、島にも誘いがかかった。首領になってくれというのである。島はもちろん、承諾しなかった。御上に弓を引くわけにはいかない。

しかし、故郷の若者たちを憂える気持ちは抑えられなかった。藩閥に与《くみ》し、いたずらに政争に明け暮れる新政府への反発は、島にも痛いほどわかる。

だがこのままでは、新政府は佐賀へ兵を差し向けかねなかった。

おいが、盾にならんば。

島は腰を上げた。

もちろん、周りの者たちは引きとめた。

「おやめなさい。戦になるかもしれませぬぞ」

「だからこそ、行かんとならんのです」

島には、自負があった。

おいならば、若者たちを抑えられる。いや、おいにしか、抑えられぬ。いきり立つ若者を教え諭し、導いてやるのが、幕末から維新を駆け抜けた佐賀をよく知る己の使命である、と島は思った。

二月。島は、三条実美《さねとみ》太政大臣と相談の上で、鎮撫《ちんぶ》のために佐賀へ向かった。

「お気をつけなさい」

三条は案じてそう言ったが、島は取り合わなかった。

自分は鎮撫に行くのだ。反乱を煽《あお》るためでも、ましてや討伐のためでもない。

ところが、島を迎えた郷土の若者たちは、百万の兵を得たかのように沸きたった。

「団にょ様が帰られたぞ！」

古い知人たちに囲まれ、その決意を知るうちに、島はとうとう後へ引けなくなってしまった。反政府の党首に祭り上げられてしまったのだ。

島もここにきて、心を決めた。それでも、まだどこかで楽観していた。三条太政大臣と別れてから、まだわずかしか経っていない。戦闘になるにしても、落としどころがあるはずだった。

ところが、意に反して、政府は全く容赦しなかった。ただちに佐賀鎮圧の兵を挙げたのである。

軍事・刑罰の全権を帯びたのは、大久保利通《としみち》内務卿であった。

大久保殿が……。

島は、そのとき初めて、自分が罠にかかったウサギのような心地がした。

二月十六日に戦闘が始まった。だが二十八日には政府軍が佐賀城に入城。島らは敗走し、結局、鹿児島で捕縛された。

佐賀裁判所で四月八日、九日の形ばかりの審理の後、十三日に判決、即日処刑と決まった。

『……官軍に抗敵し、逆意を逞《たくま》しうする科《とが》にて……梟首《きょうしゅ》申し付ける』

斬首《ざんしゅ》を言い渡されたのである。

島と共に斬首される十二名の中には、江藤新平も含まれていた。明治六年の政変で下野《げや》していた江藤もまた、鎮撫のため佐賀に入り、島と同様の運命をたどったのだ。

同郷の副島種臣は東京に残った。

大隈重信は江藤の帰郷を止めたという。

だが、江藤は留まらなかった。留まれなかった。生まれ持っての性《さが》だろうか。それは、島も同じであった。

由記の声が蘇る。

「団にょ様は、ふうけもんじゃっけん、どがんもならん」

そうじゃ、おいは、ふうけもんばい。どがんもならん。

白州《しらす》に引き出されると、刀が春光を受けてきらめくのが見えた。

とうとうここまで来てしまったか。

東京を出てからわずか二か月。まるで夢のようだった。

明治の世に斬首とは、な。

島は、首斬りという刑罰に、皮肉にも懐かしい旧幕時代のにおいを感じ憫笑《びんしょう》した。

大久保よ、おぬしの負けじゃ。

裁判は形ばかりのものだった。死刑は全く不当であった。府県裁判所である佐賀裁判所は、単独で死刑判決はできないはずなのである。それにもかかわらず、全権・大久保の命により、被告に弁論の機会も上訴も認めず、処刑が強行されることになったのだ。

大久保よ、おぬしは、新政府の築き上げてきた新日本を、理想国家を、法治国家を、踏みにじったのだ。旧態依然、封建時代の野蛮な風習そのままに、貴様は自ら、蛮族の汚名を着たのだぞ。

それほどまでに肥前が憎いか。目障りな佐賀を叩き潰したいか。

ふと見ると、光の中に、ひらひら踊る小さな粒が舞っていた。

雪?

まさか、四月に雪が降るわけがない。

しかし、島には見えた。ちらちらと白いものが、空を舞うのを。

雪だ。蝦夷地の雪だ。

雪はちっとも冷たくなかった。柔らかく温かく滑らかで、まるで女の肌のように
……。

そうです、雪は温かいのです。

どこかで、女の声がした。

温かな雪の下で、蝦夷の大地は育まれるのだ。じっくりと、ゆっくりと、豊穣の大地が。

石狩の地へ赴任したあの怒濤《どとう》のような冬の日々が、突如、島の脳裏に蘇る。遮二無二《しやにむに》突き進んだ。吹雪も厭《いと》わなかった。どうしても、あの土地にこの手で都を築きたかった。

新世界を作りたかった。

ウールルㇽ
オーロロロ
ユーララルラ
ユーラフルルㇽ……。

シカルンテの歌声が、遠く近くにこだまする。

島は、今になって気がついた。

あの娘の歌を、もっと聞くべきだったのだ。アイヌの言葉に耳を傾けるべきだった。時間をかけて、ゆっくりと。

北海道。あの土地は、アイヌの故郷なのである。

新天地を切り拓くには、彼らに教えを乞い、共に手を取り合わなくてはならぬ。搾取するのではなく。

先に進むことだけが、原野を無闇に切り拓くことだけが、蝦夷地を治める方法だろうか。我々和人は、もっと腰を落ち着け、アイヌの娘の歌に耳を傾け、ゆっくりと彼の地に根を下ろすことを考えるべきではないのか。

もう少しだけ、待てばよかった。じっくりとゆっくりと、雪が大地を育てるように、おいも、都を育てることができたのではないか。

子守歌を聞きながら、北の大地に腰を据え、雪解けを待ち、実りの秋を待ち……。そうして今ごろ、おいは、北の都で、春を待っていたのではないか。

子守歌を聞きながら。

由記、そなたもそう思うか？　おいが、もっとよく、そなたの声に耳を傾けて、突っ走ることをやめていたなら……。

誰か、おいの思いを受け止めてくれ。薩摩の、官僚のやり口に汚されぬよう、どこまでも白いあの大地を守ってくれ。おいは道筋だけはつけたつもりじゃ。やれるだけのこつはやったのじゃ。おいはもう、ゆっくりと眠りたいんじゃ。

ウールルル

オーロロ
ユーラルルラ
ユーラルル……。
シカルンテの歌声は、いつか由記の声と重なった。

ねんねねんね
ねんねしな
ねんねころりや
ねんねしな……。

雪が舞っていた。
雪は、ちっとも冷たくなかった。柔らかく温かく滑らかで、まるで女の肌のように
……。
ああ、温かい。
島は深くため息をついた。

やっとゆっくり眠れる、そう思った。

ひゅっ。

刀が、風を切る音がした。

冷たい刃が、島の首筋に触れた。身を切るような真冬の北海道の風を思い出した。

受け止めてくれ。

島は、純白の大地に身を投げた。

吁吁《ああ》、あたたかい。

貸し女房始末

一

「おふき！」

夫の貞吉《さだきち》の声に押されでもしたかのように、ふきは、びくんと体を震わせた。

痛っ……。

はずみで縫い針が指を刺した。繕《つくろ》いかけの襦袢《じゅばん》が膝からすべり落ちていく。指先にみるみる血がにじむ。

貞吉が怒鳴ると、総身が震える。また殴られるのではないかと、怖れが押し寄せる。

「ちょっくら、こっちさ来い！」

「へえ」

急かされて、ふきは血のにじむ指先を吸いながら土間へ下りた。

埃っぽい店先で貞吉が手招きしている。空を流れる雲間から、春の日差しがこぼれていた。

店といっても、丸太の柱を板で囲った粗末な草葺《くさぶ》き小屋の軒先に、雑多な品を並べているだけである。それでも、常に品不足のさとほろでは、笊《ざる》や桶、木綿《もめん》の晒《さらし》や手拭いまでよく売れた。貞吉は、さとほろの普請景気を当てこんで、函館や小樽から荒物を仕入れているのだ。

貞吉の声音はいつもより穏やかだった。

殴られることはあるまい。

ふきは、夫の機嫌を敏感に察して安堵した。ふきより二つ年下、二十四になる貞吉は、北海道に渡ってこの方、ひどく癇症《かんしょう》になった。

薄暗い小屋の中から急に表に出ると、まぶしくて目がくらんだ。春の日差しが、流れ落ちるぬるま湯のように、ふきに絡みついた。

店先のぬかるみに、みすぼらしい身なりの大きな男が立っていた。人足か山稼ぎだろうか。岩みたいな顔をした、逞しい男である。男は細い目を更に細めるようにして、ふきを見ていた。

貞吉もふきを見た。珍しく笑みを浮かべている。ふきは、ふと、貞吉と二人で駆け落ちした旅の初めの頃のことを思い出した。昼も夜も、ふきだけを見つめていた彼の熱い眼差しを。たった二年ほど前のことなのに、まるで遠い昔のことのような気がする。

「先《せん》に、お役所に行ったのを、覚えとるべ？」

貞吉が訊いた。いつもより優しい物言いである。

「へえ、覚えとります」

三月《みつき》ほど前、函館からさとほろに着いて早々に、貞吉と役所に出向いた。まだ雪が深くて、歩くのすら難儀した。

「あんときと同じようにな、おめえ、今日は、この人と一緒にお役所さ行ってくれ」

「この人と……」

大きな男はにやにやしながら、値踏みするようにふきを見ていた。

「さ、早く着替えてこい、ほれ！」

貞吉は有無を言わせず、ふきを追い立てた。

なんだべ、いってえ。

気は進まなくても、貞吉には逆らえない。楯突《たて》こうものなら、何をされるかわからない。

着替えといっても、何度も洗い張りして色褪せ、継《つ》ぎの当たった縞木綿《しま》を脱ぎ、もう少しましな、継ぎの当たっていない藍木綿《あい》を着ればそれで終《しま》いだった。

ふきはちらと鏡をのぞいた。化粧気のない顔は青白く、目の下には濃い隈《くま》ができている。雛のようだと褒めそやされた器量は、すっかり色褪せてしまった。くたびれきったこの顔が、故郷と家を捨て、男に引きずられ、北の果てに流れ着いた女の顔だった。

ふきの耳に、男二人が表でやり取りする声が途切れ途切れに流れ込んできた。

「なんぼだ？」

「二円。前金一円だ」

「高《たけ》えな」

「だども、それが相場だ。嫌なら……」

「嫌だとは言ってねえべ。ほれ、しだら、これ……」

慌てたように男が言った。貞吉に金を渡したらしい。

着替えて再び日差しの中に降り立つと、ひんやりとした早春の風が土埃を立てて、日なたの温《ぬく》みをさらっていった。

ふきは、にわかに心細くなった。何か危ない橋でも渡る羽目になるのだろうか。

「あんた、あたし、何すればいいの……」

ふきが込み上げる不安をぶつけても、貞吉は取りあわなかった。

「黙っとればいい。何ぃ言われても、うなずいておればいいんだ、ほら、いげ」

「しだら、女房借りてくど」

待ちかねたように男が歩き出した。

「あんた……」

ふきはすがるように貞吉を振り返ったが、貞吉は、犬ころでも追うように手を翻《ひるがえ》した。

仕方なく、ふきは男の背を追った。

二

男は、南から北へと開拓地を真っ直ぐ貫く用水沿いの道を、ずんずんと北上した。幅十八間《けん》の火除《よ》け地を挟んで北側が、官舎や仮役所のある官地なのである。

道はぬかるんで歩きにくかった。雪解け水がいたるところに流れ込み、池のような水たまりを作っている。この辺りはもともと谷地《やち》なのだ。制御しきれぬいくつもの水の流れが、好き勝手に蛇行《だこう》する。殊に雪解けの春には、用水も川も一緒になって、どこもかしこも水浸しである。

男の歩く速度に追いつこうと、ふきは足を速め、泥はねだらけになってしまった。

薄曇りの灰色の空を雲が押し流されていく。時折のぞく青空から、気まぐれのように陽だまりがこぼれると、原野の景色が水に洗われたように浮かび上がる。浚《さら》ったように木々をすっかり伐採された開拓地は、原生林の中に、ぽっかりと浮かんでいるかのようだった。

雪と泥に埋もれた、整地されたばかりの碁盤《ごばん》の目のような町割り。切り拓かれた大道の傍には、時が止まったように枝を広げた大木や、岩のような切り株が、頑固に居座っている。

さとほろ。

お役人はこの町を「札幌」――サッポロ――と名づけた。

だがずっと以前から、移住者の中には、この土地を「さとほろ」と呼びならわす者がいた。ふきも、その一人だった。

時を経て、いつの間にか周囲の誰もが、当然のように「札幌」を使うようになった。まるで目に見えない静かな波に呑まれてしまったかのように。貞吉もそうだった。

それでも、ふきはひそかにこの町を「さとほろ」と呼び続けた。

慣れた呼び名は変えられない。手になじんだ道具のように。それにふきは「さとほろ」という響きがなんとなく好きだった。

ここは特別な町だ。

どこへ向かっていくのかわからない、とめどなく未完成な町。

ここかしこで間断なく槌音《つちおと》が聞こえる。いたるところに木材が積み上げられている。さとほろは、町そのものが普請中なのである。

明治の世になって、御上《おかみ》が石狩原野の真ん中に町を作ると決めた。蝦夷地《えぞち》改め、北海道の都である。つい数年前まで、石狩原野は見渡す限り一面の茅原《かやはら》だったという。拓かれたばかりの土地に建物はまばらだ。

本建築に取りかかった本陣や官舎や役所は、西洋風の洒落《しゃれ》た佇《たたず》まいを見せている。

一方、ふきたちの住まいと変わらないような丸太に草葺き屋根の粗末な小屋も、雪解けあとの蕗《ふき》の薹《とう》のように、勝手気ままに増えていた。その日暮らしで流れてきた移民たちは、御上の縄張りした区割りや体裁などお構いなしで、行き当たりばったりに仮小屋を建てた。崩れそうな空き小屋に入り込んで住みついた。役人から注意を受けても、頓着《とんじゃく》しない。最果ての町で一旗揚げようと集まってきたのは、家を建てることなどと縁のない、食いつめ者ばかりなのである。

コトコトコト、コトン、ザッ！

川沿いの水車小屋から、勢いよく水の流れる音が聞こえた。真新しい水車が、生糸《きいと》のような白い水しぶきを立てて軽々と回っていた。

ふきは、故郷の水車小屋のことを思い出した。

古びた水車は、ふきが生まれるずっと前から回り続けていた。朝から晩まで、まるでお天道様でも回しているように、重そうにゆっくりと。

小屋の中で、コットン、コットン、と時を刻むような水車の音を聞きながら、貞吉と逢引きをした。初めて唇を重ねたのも、肌を許したのも水車小屋の中だった。抱き合う時はいつも夢中だった。時の経つのも忘れた。

まどろみから覚めて、ザッと大きな水音がすると、二人は頭から冷水を浴びせられたように我に返った。そのとたん、甘い夢から覚めて、いきなり見知らぬ景色の中に放り込まれたような、居心地の悪さをふきは感じたものだった。

そして北海道まで流れてきたふきは、あのときと同じような居心地の悪さを絶えず感じているのだ。まるで一瞬で覚めるはずの夢が、何かの加減で現実に取って代わられてしまったかのような。

コトコトコト、と水車が回り、いつかまた夢は覚めるだろうか。

ザッと水が流れた。

ふきは、ふと我に返った。

春霞《はるがすみ》の原野は、どこまでも続いていた。覚めない夢のように。


やがて役所に着くと、ちょうど時を告げる鐘楼《しょうろう》の鐘が鳴った。

男が足を止め、鐘楼を見上げた。ふきは、その間にようやく男に追いついた。

受付の官員に来意を告げて、しばらく待たされた。同じように待っている男や女が幾人もいた。どの顔も暮らしに疲れ、同じようにみすぼらしい身なりである。

彼らの姿を眺めているうちに、ふきは少しずつ緊張が解けてきた。

〽吉野～のォ、山ァ～を……

ふいにどこからか、端唄《はうた》が聞こえたような気がした。故郷にいた頃、三味線のお師匠さんがよく口ずさんでいた唄のようだった。振り返ると、職人らしい粋な感じの男が、役所から出ていくところだった。ふきは、なんとはなしに続きを口ずさんだ。

〽雪ィかァと、見れば、雪ィ、ではあらでェ、これの花吹雪……

「太物商、庄五郎《しょうごろう》、前へ」

突然耳元で声がして、ふきは口をつぐんだ。顔を上げると、険しい表情の官員が、鋭い眼差しでふきを見つめていた。

「へい」

と、ふきと同道してきた大きな男が返事をして立ち上がった。ふきも慌てて腰を上げた。ふきはそれで初めて、大きな男が庄五郎という名だと知った。

官員は、ふきの一挙手一投足へ、一つの落ち度も見逃すまいとするかのように、刺すような眼差しを向けてくる。三十を少し過ぎたくらいの、痩せて暗い顔つきの男である。ふきは気味が悪くなって目を伏せた。

「太物商、庄五郎、妻、ふき……相違ないな?」

「へえ、左様でござんす」

庄五郎が頭を下げるので、ふきも一緒に頭を下げた。

官員が、おほんと一つ、咳ばらいをした。弾かれたようにふきが顔を上げると、再び官員の鋭い眼差しと出合った。目をそらすこともできず、ふきはその目を見返した。そのとき、庄五郎が素早く官員の袖の下に、小さな紙の包みを滑り込ませるのが見えた。

官員の目つきがやわらいだ。

「よろしい。相整った」

「へい、ありがとうございます」

官員が書類に、ぺたんと大きな判を押した。

「うまくいったじゃねえか」

庄五郎はほくほく顔で、帰り道の足取りは軽く、口数も多くなった。

「おかげさまで、博打の借金が返せる」

借金、ああ、そうか……。

それでふきは腑に落ちた。庄五郎は、役所へ金を借りに来たのである。

さとほろでは、役所に永住を願い出れば、家作料百円の貸し付けを受けられる。十年年賦《ねんぷ》で無利子。三度に分けて貸付けられるが、それでも大金だ。本府《ほんぷ》建設のための人集めの策であるという。

役人や人足ばかりでは町は成り立たない。金を回す商家や、そこで暮らす住人たちが要るからだ。

貞吉も庄五郎と同様、開拓役所から金を借りた。だが住まいは相変わらずの草葺き小屋である。

本格的に家を建ててこの地に根を下ろすつもりなどない。借りた金は、店の仕入れにでも使ったのだろう。

儲けるだけ儲けたら、またどこかへ流れていく。貸付金は踏み倒す。無頼《ぶらい》の吹き溜まりみたいなこの町では珍しくない。庄五郎も大方、そんなところだろう。

だが貸し付けを受けるには、条件があった。女房持ちでなくてはならないのである。家と家族を持って、この地に根を張り町づくりに寄与すべし、ということなのだ。したがって、独り者が金を借りるには、まず女房を借りなくてはならない。

だから貞吉がふきを貸したのだ。二円で。二円は高いが、百円が入ると思えば安いものだ。

帰ると、貞吉が店番をしながら待っていた。

「おお、庄さん。首尾は」

「上々よ。ほらよ、約束の」

庄五郎が貞吉に半金を手渡した。

「助かったぜ」

庄五郎は貞吉に礼を言うと、もうふきには見向きもせずに、すたすたと帰っていった。

「ちょっくら、出て来るわ。店、閉めとけ」

貞吉も、懐に金を突っ込むと、後も見ずに出ていった。近頃貞吉は、妓楼《ぎろう》になじみができたらしい。

ふきは、石ころでも見るように貞吉を見送った。

嫉妬など感じない。むしろ、一人になると、ほっとした。

風が出てきたようである。

荒物を片づけていると、近所の子供たちがじゃれ合いながら、風上へ向かって駆け出すのが見えた。

小さな手の先では、千代紙で作った風車《かざぐるま》が回っている。留め方がいびつなのか、風車はいちいちどこかに引っかかって、つんのめるように時々止まった。それでも子供たちは、どうということもない紙の細工が、見えない力を受けてひとりでに回るのが面白いらしく、けらけらと無邪気に笑っている。

ふきは、去年流れた赤ん坊のことを思った。

無事に生まれていれば、今ごろ歩き始めていたかもしれない。風車が回るのを、ふきと一緒に眺めて笑っていたかもしれない。

三

四年前、徳川の御代《みよ》が終わりを告げた。

越中《えっちゅう》にあるふきの家は裕福な小間物屋だったが、御一新のごたごたで、店は傾きかけていた。老舗《しにせ》だった店は幕府筋のお得意がいくらもあったのだが、それが新時代には仇《あだ》となった。父母は亡くなっており、兄や番頭が店を立て直そうと必死であった。ふきも兄と一緒になって得意先回りをし、職人や奉公人の世話に明け暮れ、気づくと婚期を逃していた。その頃ふきは手代の貞吉と恋仲になっていた。機を見て兄に打ち明け、貞吉と夫婦になればいい、と考えていた。

ところが、ふきに縁談が持ち上がった。戊辰の戦の時、武器を横流しして大儲けした成金が、ふきを見初《みそ》めたのである。その中年の男は、以前なら兄も親戚もそっぽを向くような無頼漢だったが、時代の変わり目にはそういう男が力を持つのだ。兄は、店のために成金からの援助が必要だ、と言って、その話を勝手に決めてしまった。ふきは呆然としたが、家のためには仕方がない。貞吉と一緒になるのは諦めるつもりでいた。

「お嬢様、わたしと一緒に逃げてください。新しい町で、新しく出直しましょう」

水車小屋での逢引きの時、今日で最後、と別れを告げたふきに向かって、貞吉はすがるようにそう言った。

新しい町、新しく出直す——。

コットンコットン、と水車の回る音に背中を押されるように、ふきはうなずいていた。

新時代なのだ。旧弊にしがみついてなんになろう。

ふきは、貞吉と歩む新しい暮らしのことしか考えられなくなっていた。先祖代々受け継がれてきた守るべき家も、兄や親戚や奉公人たちも、みるみる過去へと流されていくような気がした。

成金との婚礼を目の前にして、ふきは貞吉と手に手を取って出奔《しゅっぽん》した。

北を目指したのは、越中や越後からの移民が大勢、北海道で新生活を始めていると聞いていたからだ。函館には貞吉の遠い親戚もいた。それに海を渡ってしまえば、連れ戻される懸念はないように思えた。

だが、慣れない旅暮らしは若い二人を苛《さいな》んだ。頼りの親戚は引っ越してしまって見つからなかった。家から持ち出した金も、盗まれたり騙されたりして、すぐに底をついた。

出奔から二年が過ぎて、さとほろに住みついた頃から、貞吉の態度が徐々に変わった。

「この役立たずめ」

ふきに向かって悪態をつくようになった。

「こんなはずじゃなかった。てめぇのせいだ」

お嬢様のためなら死んでもいい、と熱い眼差しを向けていた貞吉は、野良犬でも見るような蔑《さげす》んだ目で、ふきを見るようになった。一度手をあげるとそれは習い性になり、ふきの体に痣《あざ》が絶えなくなった。気弱で真面目だった貞吉は、別人のようにすれっからしの悪党になってしまった。

だが皮肉にも、貞吉の人が変われば変わるほど商売は上向いた。貞吉は人相の悪い男たちと付き合って、さかんに取引しているようだった。遊びも覚え、機嫌の良い日も増えた。

ふとした拍子に、貞吉の表情に昔のような優しさが表れると、ふきは一縷《いちる》の望みを繋いでしまう。

もしかしたら、また元に戻れるかもしれない、昔のように。二人で小さな店を開こう、貧しくてもいいから、二人寄り添って生きていこう、そう語り合ったあの日のように。

四

数日後には、別の男が貞吉を訪ねてきた。庄五郎の時と同じように、役所に同道しろという。

「だども……」

ふきはためらった。役所で応対した官員の、あの刺すような鋭い眼差しを思い出すと怖気《おぞけ》立った。

「また、同じ女が来たと、気づかれねえべか……」

「そっだらこと、気にせんでええ」

貞吉は聞く耳も持たず、ふきを送り出した。

役所で応対したのは、またあの同じ鋭い目つきの官員だった。

官員はやはり、穴のあくほどふきを見つめた。

「そなたは芸者か」

と官員がいきなり聞いてきた時は、肝が冷えた。

「いいえ」

ふきは、息がつまるような心地で答えた。

「生まれは、どこだね」

官員は、男のほうには目もくれず、ふきにばかり問いかけた。貞吉からは、黙ってうなずいていればよい、と言われていたが、答えないわけにはいかない。

「越中でございます」

「ほう、雪国か。どうりで色が白い」

「とんだ田舎者で、お恥ずかしゅうございます」

「百姓か」

「いいえ。家は小間物商いをしておりました」

「商家か。なるほど」

官員は結局、何食わぬ顔で判をついた。ふきの顔を覚えているはずなのに、そ知らぬふりをした。もちろん、同道した男は鼻薬をかがせるのを忘れなかった。

皆、示し合わせているのだ。

ふきは気づいた。からくりが見えてきた。

人足には百円、貞吉には二円、そして官員には、いくばくかの袖の下。ふきは、男たちが御上の金をくすね合う茶番に添えられた、あだ花でしかないのだ。びくびくして損した。

家に戻ると、貞吉は留守だった。筋向かいで、やはり荒物を商う年寄り夫婦の婆さんの方が、つくねんと座って店番をしていた。

「ご亭主は、すぐ戻ると言っていなすったよ」

歯の抜けた口で、婆さんは言った。

「ああ、それから、『お客から後金を貰うように』と、そうあんたに伝えてくれ、と言っていなすった」

「わかりました。いつもすみません」

ふきは、百円をせしめて上機嫌の男から後金一円を取り、婆さんを帰した。

貞吉はなかなか帰ってこなかった。霞のかかった空が、淡い茜《あかね》に変わっていく。帰らねえかもしれねえ。

貞吉の気持ちはとっくに冷めている。いつふきを棄《す》ててもおかしくない。それでもまだ一緒にいるのは、少しは情が残っているからか。

嬌声《きようせい》が聞こえて、四、五人の女たちが、ぬかるみを除けながら歩いて来るのが見えた。これから化粧にかかろうという売女屋の女たちである。風呂にでも出かけていたのか、どの顔も素のままである。

一丁北の、火除け地沿いにあるそこは、春嬉楼《しゅんき》という、楼とは名ばかりの草葺きの丸太小屋であった。勤める女たちは山出しばかりである。それでもさとほろは女日照りだから、贔屓《ひいき》の客がつくという。

女たちはふきを見つけると、それぞれ軽く挨拶した。春嬉楼の裏手に良い水の出る井戸があり、ふきもよくそこを使うので、お互いに顔なじみだ。

女たちの間断のないおしゃべりが、嫌でも耳に入ってくる。

「今晩も、芋畑は来るかねえ」

「来るさ、芋畑の野郎、おこげちゃんに首ったけだもん」

おこげというのは、女郎のあだ名であった。色が黒くて不器量なので、誰からともなくそう呼んだ。本名はおそで、という。人気があるとはいえないが、気立ては良いらしく、贔屓の客がついている。

その贔屓が、畑山《はたけやま》という名の官員で、女たちは「芋畑」と呼んでいた。ふきも見かけたことがあるが、薩摩出身で赤ら顔の、いかにも田舎くさい下級官員である。野暮ったい官員と不器量な女郎がお似合いだといって、女たちはいつもからかうのだ。

「いいわねえ、おこげちゃん、官員さんの御贔屓さんがいて」

「うまく取り入ったねえ」

　若い女たちが口々にそう言った。遊里では官員は人気がある。何といっても、この町は開拓役所の天下なのだ。多少見かけが悪かろうが、学があって羽振りのいい官員には、遊女たちのほうが夢中になってしまうという。

「そ、そんなんでねえよ」おこげがつっかえながら、顔を赤らめて言った。「と、取り入るとか、そんなんでねえのさ、お、おらだち、なんとなぐ、き、気が合う、っていうか……」

　女たちが、どっと笑った。

「き、気が合う、だってよぉ。売り物買い物に、気もなんもねえべさ、馬鹿らしい」

「んだんだ、おら、気なんかどうでもいい。金くれれば、閻魔《えんま》様とでも寝るさ」

「おめえなら、閻魔様と気が合うかもよ」

　きつい物言いも、針のような悪態も、彼女たちにとっては、ごく日常のなれあいに過ぎなかった。

　いずれ女のどん底である。どろどろした水底から偶然のあぶくみたいに浮き上がる日を夢見て、その日その日を送るしかない。

年かさの、せんという女郎が、ふきと目が合うと、器用に水たまりを除けながら近づいてきた。そして告げ口するように言った。

「あんたのご亭主、さっき見たよ。備後屋《びんご》の裏で。女将《おかみ》と話してた」

「そう……」

備後屋も売女屋である。

「あそこは、最近、小樽から新しい妓《こ》を入れたって、評判らしいね。あんたも気をつけねば、色男の亭主、かっさらわれるよ」

ふきは黙ってやり過ごした。すると、せんは煽《あお》るように声高に続けた。

「おやまあ、ご新造さん、そんなにお高くとまってると、しまいにゃ、ご亭主に売り払われちまうよっ。あたいたちみたいにねっ」

女たちがけらけらと笑った。

女たちが笑い転げながら、色鮮やかな吹き寄せのように草葺き小屋へと吸い込まれていくのを、ふきは呆然と見送った。

売り払われちまう……。

本当にそうなるかもしれない。貞吉が未だにふきを棄てず一緒にいるのは、もしかすると、そういう心づもりでいるのかもしれない。

やがて宿屋や妓楼に火が灯り、槌音の代わりに、どこからか三味線の音が聞こえ始めた。

酒と脂粉《しふん》の匂いをさせて貞吉が帰ってきたのは、夜も更けてからだった。

「あんた、おかえり」

「ああ」

貞吉はふきの脇をすり抜けると、横になってすぐにいびきをかき始めた。

怒鳴られも、殴られもしなかった。

安堵する一方、ふきは狂おしいほどの寂しさに襲われた。


翌日、板戸を叩きつけるような風の音で、ふきは目が覚めた。貞吉は正体なく眠りこけていた。

小屋の中は暗かったが、外を見ると、すでに夜は明けていた。分厚い灰色の雲が空を覆っていたのである。

湿った風が頬をなぶる。じき雨になりそうだった。

雲の向こうに丸い日輪が透けて見えた。風で雲が流れると、まるでお日様のほうが天を転がっていくように見える。

妓楼の裏手の井戸で水を汲んでいると、裏口から男が一人、出てきた。

「お、おはんは……」

妓楼の手拭いを首にかけた無精ひげの男が、ふきを見て目を見張った。よく見ると、それは開拓役所で貸付金の受付をしていた、あの鋭い目つきの官員であった。

一瞬ふきは後ずさったが、考えてみれば同じ穴の狢《むじな》である。官員も、ふきを咎《とが》めだてするふうもなく、むしろ親し気に近づいてきた。

「おはん……いや、そなた、住まいは、この近くかね」

「へえ」

ふきが見返すと、官員は、ばつがわるそうに手拭いを首から外した。

「いや、昨晩は、役所の会合がありまして、つい酒を過ごして寝込んでしまったという次第で、これから早速、出仕です」

「まあ、それは、ご苦労様でございます」

まるで女房相手に朝帰りの言い訳をするような官員の口ぶりに、ふきは苦笑した。

「官員さん、どうぞお先に」

「ああ、かたじけない」

ふきが井戸端を譲ると、官員は手早く手と顔を洗った。その武骨ながら、どこか折り目正しい仕草を見て、この人は御一新の前はきっとお武家様だったのだろう、とふきは思った。官員として手腕を発揮しているのだから、故郷は土佐か薩摩か長州か、そういえば西国の訛《なま》りを口にしていた。

官員は手拭いを使いながら、ふきが水を汲むのをいつまでも眺めていた。何か言いたそうに、時折咳ばらいをする。

この人、どういうつもりなんだべか。

ふきはいたたまれなくなって、水汲みもそこそこに、

「お先に失礼いたします」

と告げ、早々に逃げ出した。

春が進むにつれて、さとほろの普請も進んだ。

それにつれて、無用の輩《やから》もますます流れ込んできて、ふきの「貸し女房」も大忙しだった。

流れ者が貞吉を訪ねてきて、ふきと共に役所へ行く。例の官員が判をつく。それで

開拓使の予算が、建ちもしない建物の名目で、彼らの懐に転がり込む。簡単なものだった。

御上の金を食い物にして、さとほろの草葺き小屋の住民は肥え太っていった。

五

生暖かい風の吹く午後、重そうに垂れこめる雲を見上げながらふきが井戸端へ行くと、おこげとせんが、褞袍《どてら》姿でふさ楊枝《ようじ》を使っていた。

「こんちワ」

おこげが、色黒の顔をくしゃくしゃにして愛想よく声をかけてきた。言葉少なだが、この女は、どこか人懐っこい無邪気なところがあった。

「今日は暖かいね」

せんが含むように、にやにやしながらそう言った。

「ええ、ほんとに」

ふきは受け流して、井戸端に屈《かが》んだ。

「ねえ、おふきさん」せんが、しつこく顔を寄せてきた。「こないだね、岡部《おかべ》さんていう官員さんに、あんたのこと聞かれたよ」

「官員さんが、へえ」

例の官員だ、とすぐに気がついたが、ふきは何食わぬ顔でとぼけた。おかしな噂をたてられてはかなわない。

「井戸端で会ったと言っていたけど、あんた、あの人と何かあるのかい」

「……いいえ、一度、偶然会っただけです」

貸し女房の件も周知のこととはいえ、わざわざ吹聴する必要はない。悪くすれば貞吉もふきもお咎めを受けるかもしれないのだ。余計なことは言わないほうがいい。

「ふうん……」意味ありげにつぶやいて、せんは続けた。「あの岡部さんて官員さんはね、このおこげの贔屓の、芋畑のお連れさんなのさ」

「薩摩の？」

「んだ」

おこげが隣で、にこにことうなずいた。

「芋畑は、どこがいいんだか、この妓にべったりだろ。だども、岡部さんは、女嫌いっちゅうのか、よくわかんねえけど、懇《ねんご》ろにしている妓はいねえのさ。酒ばーっかり飲んで、女将さんやらお仲間と難しい話なんぞして、酔っぱらって寝ちまうことが多くてねえ。変わり者さ。それが、おふきさんのことを根掘り葉掘り聞いてくるから、あたしゃ、てっきり、ね……」

含むようにせんは笑った。

「ふふふ、てっきり、岡部さんは、おふきさんに気があるんじゃないのかと、そう思ったのさ」

「まさか……」

驚いたふうを装いながら、せんの言葉が腑に落ちた。初めに役所を訪れた時から、岡部は異様なくらいに、ふきに関心を持っていたではないか。

「でも、気をつけな。官員さんなんて、御身《おんみ》大事で保身に走るよ。よほどうまく転がさなきゃ、泣きを見る。あんたみたいなお嬢様には、無理だね」

「そっだらこと、なしてわかるの」

「そりゃ、わかるよ。こちとら、だてに泥水啜《すす》っちゃいないからね。あんたみたいな甘ったれに、男を手玉に取るなんて、無理なんだ」

「そんな……」

「じゃあね……あらやだ、雨になるよ」

せんは空を仰ぎながら、ひらりとふきに背を向けた。

おこげは、せんの後を追おうとして足を止め、ふきに向かって、

「岡部さん、良い人だよ」

とかばうように言った。そして不器量な顔とは不似合いな、すんなりした細い指をふきの頬へ、そっと伸ばした。頬には、貞吉に殴られたあとが痣になって残っていた。

「おふきさんのご亭主、殴るんだべ。辛いべなあ。おらのおっ父も、おらのこと殴ったんだ。岡部さんは、乱暴しねえよ」

「ありがとう。んだども、貞さんはあたしの亭主だから、仕方ないのさ」

「堅気だもんな、おふきさん」

どこか羨ましそうに、おこげがつぶやいた。

堅気といっても紙一重だとふきは思った。一歩踏み出せば、どっちに転ぶかわからない、誰もがどん底を向いている、それがさとほろだった。

井戸から水があふれて、ふきの足を濡らした。水は湿地を縫うように、低い方へと流れていく。

自分もとうとう、こんなところまで流れてきた。後は、泥にまみれて朽《く》ち果てるだけ……。

「この先、どうなるんだか……明日のことも、わからないのよ」

ふきは、つい心の底を打ち明けた。するとおこげが真面目な顔で、

「明日のことなんか、わからなくて当たり前さあ。おらの知ってる八卦見《はっけみ》だって、筮竹《ぜいちく》じゃらじゃら鳴らすくせに、よく外すこと、外すこと」

と言ったので、ふきは思わず笑った。ふきにつられるように、おこげも、あっけらかんと笑顔を見せて言った。

「あのな、取り越し苦労は大概《たいがい》にしねえと。沈む淵ありゃ、浮かぶ瀬もある、ってな。死んだ婆っちゃんが言ってた」

「そう……」

「んでな、うまぐいって浮かんだときは、思いっきり、息、吸い込んで、はっちゃきんなって、這い上がれ、って、そう言ってた」

いい、なりふり構わず必死になって這い上がれ、それが、おこげの婆っちゃんの教えだった。

「なして、思いっきり息吸い込まねばならねか、おふきさん、わかるか?」

「……いんや、なしてだろう」

「次に沈んだとき、なるべく長く、息が続くように、だ」

「次に沈んだとき……」

「んだ。たまたま浮かんでも、いつどこで、足踏み外して落っこちるか、わかりゃしねえからね、この世の中……」

大粒の雨が落ちてきた。

おこげが、天を仰いで目をしばたたかせた。

「ひゃー、雨だ、雨だ……したらね」

おこげは、雨の当たるのが楽しくて仕方ないかのように、はしゃぎながら売女屋へ帰っていった。

六

数日後の夕刻、ふきが小屋の奥で飯《めし》の仕度をしていると、貞吉が店先で素っ頓狂な声を上げた。

「いやあ、こりゃどうも、岡部様じゃございませんか」

岡部？

ふきは耳を疑った。そっと表をうかがうと、官員の岡部が、役所の帰りらしく風呂敷包みを小脇に抱え、店先に立っていた。

「ちとそこまで来たのでな……景気はどうだね」

「いやあ、なかなか」

「そうかな。ずいぶん、景気のいい話も聞いているが……」

「ご冗談でしょう。こうしてやっと細々とやっていけるのは、岡部様のお陰でございます」

貞吉は小腰を屈めて、岡部の袖口に白い紙包みを滑り込ませた。

岡部が小屋の奥をのぞきこんだ。ふきは知らん顔をするわけにもいかず、表に出て挨拶をした。

「そなたの住まいはここであったか。なるほど、貞吉の……」

岡部は、貞吉とふきとを見比べるように眺めた。やがて気が済んだようにうなずいて、

「邪魔したな」

と言い捨てて、川沿いの道を帰っていった。

「なんだ、あいつ、何しにきやがった」

貞吉は作り笑顔を引っ込め、小声で毒づいた。

「おい、おふき、なして岡部様が、おめえのこと知ってるだ」

「なしてって……何度も役所さ行ってるからでねえの」

「ふん……」

貞吉は不服そうにふきを一瞥《いちべつ》すると、いつものようにぷいと出かけてしまった。

朝方になって、がたがたと乱暴に表戸が鳴り、貞吉が帰ってきた。

寝ぼけ眼《まなこ》でふきが戸を開けると、酔っぱらった貞吉が、「畜生、馬鹿野郎」などと悪態をつきながらなだれ込んできて、土間に突っ伏してしまった。

「あんた……」

声をかけると、とたんに貞吉は起き上がり、いきなりふきの襟元をつかんで力いっぱい締め上げた。

「あっ、あんた、苦し……」

「おい、おふき、てめえ、役所で何か、へましやがったんじゃねえか！」

「やく、しょだって……」

貞吉は、昼間の岡部の訪問が気になっているのだ。

「知らないよ、あたし、あんたに言われた通りにしただけだ」

「したら、なして、官員が、うちまで様子見に来るだよ」

「知らない……」

「てめえ、さては色目でも使いやがったな」

貞吉は、ふきの横面を思い切り張った。張り飛ばされて、ふきは、柱にしたたかに頭をぶつけた。

「やめて、やめてください。貞さん、あんたの言うことなら、あたし何でも聞いてるでねえの。なして、こっだら無体を……」

「うるせえ、小利口そうな口ききやがって、生意気な。いつまでもお嬢様面しやがって、もう我慢ならねえ、出てけ、今すぐ、出てけ！」

「あんた、後生だから。なんでもするから、あたし……」

「うるせえ、出てけったら、出てけ、もう顔も見たくねえや！」

貞吉は、両手でふきを家の外へと突き飛ばした。

ふきが仰向けに転がると、鼻先で表戸がぴしゃりと閉められた。

「あ、あんた……」

しんばり棒がかられた気配がした。戸に手をかけても、びくともしない。

やがて小屋の中から、気持ちよさそうな貞吉のいびきが聞こえてきた。

コトコトコト、コトン、ザッ。

しらじらと夜が明けてきた。

コトコトコト、コトン、ザッ。

ふきはいつの間にか、水車小屋まで歩いてきていた。

新しい水が汲み上げられて、それがまた流れに戻っていく。ふきは、もう小半時も、その繰り返しを飽きず眺めていた。

早くもどこかで木槌の音が、かーん、かーんと響いている。川辺には、水面をのぞき込むように、蕗の薹が首を伸ばしている。点々と黄色い福寿草《ふくじゅそう》も見えている。

身内がうずくような春の温みが足元から上ってくる。草木や花や虫や、それにこの町自体も、土の中から生気を吸い上げ、肥え太っていく。それなのに、ふきの胸の内は冷え切ったままだった。

新しい町で、新しく出直しましょう。

貞吉が熱い目をしてそう言ってから、まだ二年しか経っていない。それなのに。

あたしは水車に乗り遅れた水。高みからのぞむはるかな景色を知ることもなく、川床深く汚水と混じり合い、泥にまみれて流れていくしかない。

出てきたはいいが、行くところなどない。

越中には帰れない。ふきが縁談を反故《ほご》にしたからには、実家は資金繰りに苦しんだだろう。帰る家など、とっくになくなっているかもしれない。

すっきりと晴れて美しい空が、痛いほど目にしみた。ふきは、とぼとぼと来た道を戻った。

本陣の向かいの水路に、真新しい木橋がかかっている。

創成《そうせい》橋。

ここから生まれて、町が作られていく、そんな意味だろうか。開拓判官、土佐の岩《いわ》村通俊《むらみちとし》が名づけ親だと聞いていた。

北には綺麗な橋と本陣。整然と区画された町並み。一方、南側には、川辺の雑草のような不ぞろいの草葺き小屋が雑然と建っている。

火事が多いので、草葺きのような燃えやすい家に住んではならん、とお触れも出ているが、一向に小屋掛けは改まらない。雑然とした町並みは、際限なく増殖していく。

このさとほろでは。

町とはそういうものだった。その混沌の中に、ふきも呑まれていくのだった。

どこかで女たちの笑い声が聞こえたような気がした。

売女屋、上等じゃないか。男を手玉に取るなんて、お嬢様には無理だって？　そんなこと言っていられるものか。

時の狭間で生きていくには、身を任せるしかないのだろう。淵の底まで沈んでも、いつかふと浮かぶ瀬もあるかもしれない。そのときは、思い切り息を吸い込んで、はいつくばって、ちゃきになって這い上がる。

「あら、おふきさんじゃないの」

振り向くと、青海楼《せいかい》という料理屋の女将が立っていた。

「あんた、どうしたの、その顔」

女将はふきに走り寄ると、心配そうに顔をのぞきこみ、頬に触れた。

「痛っ」

ぴりっと痛みが走って、ふきは思わず声を上げた。

「あーあ、血が出てるじゃないか。なんだってそんな……また、あの亭主だね、全く、ひどいったらありゃしない……とにかくうちにおいで」

女将は抱え込むようにふきの肩を抱くと、青海楼まで連れて帰った。

「亭主に身一つで叩き出されたって？　ひどいことするねえ」

女将は事情を聞くと、ふきの傷の手当てをしながらしきりに憤慨した。

「申し訳ございません」

「おふきさんが謝ることないさ。ちょうどいい、あんな亭主、あんたのほうから棄ててやればいい」

「んだども……」

昨夜の貞吉はひどく酔っぱらっていたのだ。もののはずみであんなことになったけれど、本当にもう戻ることはできないのだろうか。

すると女将は、ふきの胸の内をのぞきこんだように、ぴしゃりと告げた。

「駄目だよ、だめだめ！　あんたが甘い顔するから、貞さんは余計につけあがるんだ。出て行けだって？　上等じゃないか。おふきさん、しばらくここにいたらいいよ。先のことは、落ち着いたら考えればいい」

女将の厚意で、その夜、ふきは布団部屋に寝た。

料理屋といっても、旅人宿を兼ねていて、飯盛《めしもり》女郎を何人も抱えている。襖の向こうから、あからさまな男女の睦言《むつごと》が聞こえてきた。

じきに自分も客を取るようになるのかもしれない、とふきは思った。

それも仕方のないことだった。生きていくつもりなら。

もう顔も見たくない、と怒鳴った貞吉の冷たい眼差しが思い出された。他人を見るよりもっと冷たい目つきだった。

あたしは一人きりになったのだ。

埃っぽい部屋の片隅で、薄い布団にくるまって、ふきは少しだけ泣いた。

七

早朝、宿の外が騒がしくて、ふきは飛び起きた。

男たちの怒声、入り乱れる足音、馬のいななき。どこからか、きなくさい臭いまでする。

まるで戦でも始まったような……。

ふきは廊下に出た。薄着のままの女や男が、不安そうな面持ちで、外の様子をうかがっていた。

「何の騒ぎですか？」

ふきは女将をつかまえた。

「それが、よくわからないんですよ」

女将も客たちと同じくらい不安そうだった。

ふきは女将について外へ出た。

突然目の前に馬が飛び出してきて、ふきと女将は飛びすさった。ひひん、と馬がいないた。

「どう！　どうどうっ！」

馬上の男が朗々とした声で叫び、馬の首を巡らせた。見上げると、ほんの一瞬、男と目が合った。鋭い眼光に射抜かれたように、ふきはその場に立ちすくんだ。

「開拓判官、岩村通俊様ですよ」

女将が囁いた。ふきはもう一度、男の姿を仰いだ。ぎらぎらと底光りするような瞳。それは御一新の騒乱を駆け抜けた土佐の雄、戦乱の炎の中を生き残った男の目だった。

「判官様が、なしてここにおるんだべか」

「それがねえ、先ほどおっしゃるには、ここら一帯を焼き払う、と……」

「焼き払う？」

ふきは耳を疑った。

「いえね、あたしも、聞き間違いかと思ったんですよ。ですけどね、判官様直々に、はっきりとおっしゃったんですよ。この辺り一帯の草葺き小屋を、すべて焼き払う、と」

「まさか」

徳川の昔から、火付けは大罪である。その大罪を、本府の、すなわち北海道の実際の長である開拓判官自ら、犯そうというのか。

しかし、どうやら「火付け」は、本当の事らしかった。はっぴ姿の男たちがぞろぞろと後に従い、何人もの手に松明《たいまつ》が握られていた。辺り一帯に焦げ臭いにおいが満ちていた。

折から吹き始めた春風に、馬上の幟《のぼり》がばたばたとはためいた。祭りの時に掲げるような、その白い幟には、見事な筆で「御用火事」と大書《たいしょ》してあった。

御上の火付け？

「本当に、どうしたらいいのか……」

女将が気をもんでいると、岩村が従えていた官員の一人が近づいてきた。その顔を見て、ふきは驚いた。

「岡部様」

「おや、そなたは……なにゆえ、このようなところに」

岡部もまた、ふきを見つけて仰天したようであった。

「実は、そなたと、一度じっくり話したいと思っていた……」

岡部は続けて何か言いたそうにしたが、後方で騒ぎが起こっているのに気づき、すぐに女将に向かって言った。

「女将、早く、急いで、板、板を……」

岡部が血相を変えて言うには、区画整理を進めるために、邪魔な草葺き小屋は一掃すると判官自ら決めたのだという。要は、危険な小屋を取り壊すのは、いちいち手間も人手もかかるため、一斉に焼き払うのがよかろう、というのだ。無茶といえば無茶である。

青海楼も屋根は草葺きである。下手をすると焼かれてしまうのだが、それを逃れるため、当座しのぎに板で囲ってしまえ、と岡部は言うのである。

「そんな子供だましみたいなことで、お目こぼしくださるのでございますか」

疑わしそうに女将が言った。

「とにかく、早く……」

そして岡部は、忙《せわ》しなくふきに告げた。

「後ほど、出直して参る。待っていてくれ、よいな」

開拓使の官員から、有無を言わせぬ調子で命ぜられては、うなずくほかなかった。

岡部は、まなじりを決して奉公人たちを指図する女将に近づき、ためらいがちに声を落とした。

「女将、頼みがある」

「何でございましょう」

「この者を」そう言って岡部はふきを指差した。「しばらくの間、預かっておいてくれ。事が済み次第、この者に話があるのだ」

ふいに女将の表情がやわらいだ。そして、万事心得たとばかりにうなずいた。

「承知しました。その代わり、間違っても宿が焼かれませぬよう、よろしくお頼み申しますよ、岡部様」

「力は尽くそう」

そして岡部は、ふきにもの言いたげな一瞥をくれると、荒波に飛び込むように騒ぎに割って入っていった。

宿の男衆たちが、どこからか何十枚も板を運んできて、青海楼を壁から屋根まですっかり板で囲った。それで本当に青海楼は、からくも焼打ちから逃れられたのである。

ほっとしたのも束の間、町のあちらこちらから次々に火の手が上がり、春霞の空が黒い煙で覆われた。

「正気の沙汰じゃ……ない……」

女将が青い顔で立ち尽くした。

火の粉が季節外れのホタルのように、天にも地にも飛び交っている。南でも西でも、次々に火の手が上がっていた。みるみるうちに、さとほろが炎になめ尽くされようとしていた。


焼けるのもあっという間なら、火が消し止められるのも早かった。

「火付け組」が火を付け、「消防組」が消し止める、それが御用火事のやり方だった。まるで野焼きだ。

区画整理のために空き小屋を焼き払った、というのが官員の言い分だった。しかし実際は、春風にあおられ飛び火して、焼くつもりのない建物までがずいぶんと焼け落ちた。

更地になったさとほろに、官は一から区画整理をし直すのだという。

さとほろらしいやり方だった。焼くも建てるも、御上の思いのまま。勝手に住みついた流民など、知ったことではない、金を出すのは御上なのだから。

貞吉とふきが住んでいた草葺き小屋の一帯も、戦のあとのような焼け野原になった。

もしあのまま留まっていたら、火付け組に追い立てられて行き場を失っていたか、もしかしたら焼け死んでいたかもしれない、と思うと、ふきは背筋がぞっとした。

貞吉はどうしただろう。

春嬉楼も跡形もなくなっていた。裏手の井戸だけが、ぽっかりと焼け残っていた。女たちの行方はわからなかった。

「焼け出されて、散り散りばらばらになっただろうねえ。焼け死んだ妓も、いたらしいから」

青海楼の女将は気の毒そうにため息をついた。

おこげはどうしただろう。逃げ遅れて焼け死んだのだろうか。それとも、どこかうらぶれた売女屋で、またいつか浮かぶ瀬を思い焦がれているのだろうか。

八

御用火事の騒ぎが落ち着き、しばらくしてから、約束通りに岡部がふきを訪ねてきた。

「じゃ、ごゆっくり」

女将が含むような一瞥をふきに向け、襖を閉めて出ていった。

御用火事の時以来、覚悟はできていた。女将は、ふきを布団部屋からまともな部屋へ移らせて、「官員さんの囲い者になるのも悪くないと思うよ」と囁いた。

確かに、この年で飯盛女郎に堕《お》ちたとて、荒くれ男たちの相手になるのは骨が折れるだろう。

一方で、岡部を見るたび、何食わぬ顔で袖の下を受け取る姑息《こそく》さを思い出す。開拓使だ、官員だ、と偉ぶっても、結局はこの人も貞吉と同じではないか。予算の上前をかすめ取り、その金で女を抱く破廉恥漢《はれんちかん》でしかない。

岡部さん、良い人だよ。

今は、井戸端で聞いたおこげのその言葉だけが慰《なぐさ》めだった。

不安を抱いて、ふきは岡部と向かい合った。

「実は、そなたを一目見た時から……」

ふきは、岡部の熱い眼差しを受け止めかねてうつむいた。

「……一目見た時から、ぴんときたのだ。この女となら、やっていけるのではないか、と。どうであろう、そなた、わたしの下で働かないか」

「働く……」

岡部の意図を解しかねて、ふきは答えをためらった。岡部は真剣な面持ちで膝を進めた。

「言っておくが、妾だとか、妻だとか、そういうことではない。わたしは商売の相方を探しているのだ。それで、そなたを見込んだのだ」

「商売とは、どのような」

「貸座敷だ」

ふきは耳を疑った。

「貸座敷？」

貸座敷といえば遊女屋である。そもそも開拓使の官員が商売をするとは、どういうことなのか、ふきにはさっぱりわからなかった。

「今日明日という話ではないが、いずれ早いうちに、と考えておる。そなたには、是非とも手伝ってもらいたい、いや、奉公人としてではなく、女将として……」

岡部が一人でどんどん話を進めていくので、ふきは黙っていられなくなった。

「恐れながら、岡部様、何か勘違いをなさっておられるのではございませんか。あたしは、ずぶの素人《しろうと》でございます。越中の小間物屋の娘で、その方面の商売でしたら、少しはお役に立てるかと存じますが、色街のしきたりとは無縁な無粋な女でございます」

「だからこそ、こうして頼むのだ」

煙に巻かれたような気がして、ふきは返す言葉を失った。

「無理もない。頼むからには打ち明けるが、わたしは、早晩、御役目を辞するつもりだ」

「開拓使をお辞めになる……」

「いかにも。女郎屋の楼主になろうと思う」

ふきは当惑した。

このさとほろで、開拓使の官員ほど安泰な身分はない。皆から一目置かれ、十分すぎる実入りがあり、出世もできよう。その官員の座を、岡部は進んで捨てようというのだ。

「このまま官員でいても、先が見えているのでな。良い目が出れば、出世もできよう。だが、それでどうなる。所詮、官員は将棋の駒だ。上の言うなりに、あっちへやられ、こっちへやられ、つてがあれば引き上げられるが、用が済めば蹴落とされる。浮沈《ふちん》まことに木っ端《こば》の如し。虚しいではないか」

官員の役得にどっぷり浸かっているかに見えた、岡部の述懐は意外であった。

「わたしも薩摩の侍の端くれ。御一新の当初は、青雲の志を抱いて、開拓使に奉職したものだ。新時代を切り拓く我こそが先鋒《せんぽう》であると信じていた。だが、いざ蓋を開けてみれば、役所には、卑俗な駆け引きがあるばかり。貧民相手に威張りくさって小金を貯めて、何になろう。ほとほと嫌気がさした」

ふきはいつしか、岡部の言葉に聞き入っていた。

「試してみたいのだ、この北海道で。しきたりもしがらみも蹴散らすような、この札幌でなら、何だってできそうではないか」

「このさとほろで……」

ふきが思わずつぶやくと、岡部が微笑んで言った。

「さとほろ……札幌のことをそう呼ぶ者が、まだいたのだな」

「はい」

「サッポロよりもさとほろのほうが、この新しい土地の名にふさわしいかもしれぬ。我々が築く新たな町の名。ここでなら、きっと何だってできる……手始めに、遊女屋」

「手始めに？」

「ああ。その先は、わからん。さとほろが大きくなれば、わたしも、変わっていくかもしれぬ」

ふきは、岡部の言葉の端々から、彼の目の前に広がる、壮大な新世界の景色を垣間見たような気がした。

「あたしのような者に、お手伝いができますやら……」

「役所で初めて、そなたの唄を聞いたとき、てっきり芸者崩れかと思った。ほんの一節だったが良い声だった」

「お恥ずかしゅうございます」

「ところが、芸者にしては崩れたところがない。立ち居振る舞いは美しいが、武家娘でもないようだ。小間物屋の娘と聞いて、なるほどと思った。裕福な商家の育ちであれば、芸事も行儀作法もひと通り仕込まれ、客商売に慣れているから人好きもする、そろばんにも明るい。商家の女将として通じるように育てられたのだと、そなたの様子を見るにつけ、よくわかったのだ。商家の女将が務まるなら、女郎屋の女将などわけもない。わたしが欲しいのは、すれっからしの女将ではない。女たちを束ね、客あしらいに長《た》けたしっかりした女だ。芸事もわかり、行儀作法も身につけた堅気の真面目な女がいい。どうだ、そなたに打ってつけではないか」

降ってわいたような話である。飛びつくのは簡単だった。だが、下手をすれば浮かび上がるどころか、深みにはまって、二度と日の目を見られなくなるかもしれない危ない橋だとも言えた。

岡部の気概と、ふきの手腕が、どこまで通じるか。このさとほろで。

「しばらく、考えさせていただけませんでしょうか」

「しばらくというと」

「お引き受けするなら、万全を期したいと存じます。ですから、少し考えてみたいのです」

落胆するかと思いきや、岡部は喜色を露《あら》わにした。

「安請け合いをせぬところが、ますます気に入った。よし、わかった。待とう。もっとも、わたしのほうも、いろいろと準備があるゆえ、お互い様だ。熟慮の後、良い返事を待っている。……ところで、そなたは、この宿に住んでおったのか。先の住まいは焼け野原になってしまったはずだが」

「はい。しばらくは、こちらにお世話になると思います」

「一人でか」

「はい……」

言いよどむふきを、岡部は睨むようにじっと見つめて言った。

「亭主はどうしたのだ」

ふきは答えられなかった。貞吉がどうしているか、ふきにもわからないのだ。

「あの男は、やめておけ」

岡部が静かに言った。

「我が女房を、かりそめとはいえ、小金のために貸し出すような亭主のことなど忘れなさい。それとも、未練が」

「いいえ」

ふきは即答した。

「ならば、きっぱり忘れなさい。もし、あの男が何か言ってくることがあれば、わたしが何もかも引き受ける。安心して良い」

「はい」

岡部の言葉が、すとんと心に落ちてきた。貞吉と暮らした日々が、みるみる彼方へと遠のいていく。

「では吉報を待つ。時々顔を出すゆえ、不自由があれば何なりと申せ」

堅苦しい挨拶を残して岡部は辞した。

九

さとほろの秋の日は、転がるように暮れていく。

赤い夕陽が一つ落ちるたびに、冬が駆け足で近づいてくる。

水車小屋のそばまで来ると、ふきは自然と足を止めた。

生糸《きいと》のような白い水しぶきを立てて、水車が回る。川を流れる色とりどりの紅葉葉《もみじば》が、水車に絡みつき、水と戯れ、濡れて輝き、次々に流れ落ちていく。

コトコトコトコト、コトン、ザッ！

ふきは我に返った。足元を、落ち葉がかさこそと音を立てて、風にさらわれていく。

あたしも行こうか、風に吹かれて。

みるみる空が薄墨色に暮れていく。

ふきは、転がる落ち葉を追いかけるように川沿いの道を南へと下った。

妓楼の窓に灯がともり、三味線の音が聞こえてきた。

青海楼では、女将が忙しく立ち働いていた。

「おふきさん、ご苦労様。悪いわね、使いまでさせて」

「いいんですよ。気晴らしになるもの。今日はお天気が良くて」

「顔色が良いわ、おふきさん」女将が目を細めて言った。「近頃なんだか、きれいになったみたい」

「あら、何も出ませんよ」

二人の女は屈託なく笑い合った。

ふきは笑い声を立てながら、ふいに涙が出そうになった。

こんなふうに笑える日が来るなんて。

この春、貞吉から追い出され途方に暮れていたときは、この先自分はただひたすらに堕ちていくのだとしか思えなかった。

青海楼の女将に助けられて、岡部に会って、そして……。

半年ばかりの間にめまぐるしく景色が変わり、今ふきは、声を立てて笑っている、そのことがまるで夢のように思えた。

つい最近、岡部が貞吉の噂を聞いてきた。御用火事の後、商売仲間と揉め事を起こして、さとほろにいられなくなったのだという。

「もう心配せんで、よか」

そう言って、岡部は珍しく相好《そうごう》を崩した。近頃岡部は、ふきの前で、お国訛りを隠そうとしなくなっていた。

「そういえば、今夜、岡部様が見えるそうですよ。お支度なさいませ」

冷やかすような調子で、女将が言った。

「でも、お得意様が……」

「いいんですよ。岡部様も大事なお得意様です。お行《ゆ》きなさいな」

「はい。すみません」

青海楼に世話になるにあたり、女将に頼んで宿の手伝いをするようになったのだが、ふきは案外重宝された。得意先の接待にも駆り出されることがある。

故郷では、両親亡き後、店を切り盛りする兄を手伝っていた。その経験が役立った。もとよりそろばんはできるし、客あしらいも慣れたものだ。筆も達者であることから、ちょっとした書きつけから、今では遊女の付文《つけぶみ》の代書まで引き受けて、女たちから喜ばれている。

「おふきさんがいなくなると、困るわねえ」

女将は半ば本気でそんなことを言う。

「だからって、引きとめちゃ、岡部様に恨まれちまう」

岡部はついこの間、開拓使の御役を辞した。本腰を入れて遊郭の楼主になるつもりだ。

ふきもそろそろ、岡部にきちんと返事をしなくてはならなかった。

あなたを支えていく覚悟ができました、と。

青海楼で働いてみると、宿の切り盛りは、ふきに向いているようだった。女将もお世辞抜きで認めている。

それでも、実際、貸座敷業を始めたなら、どうなるかわからない。数十人もの若い女たちを束ねるのは一苦労だろう。揉め事、喧嘩は日常茶飯事。同業者同士の汚い足の引っ張り合いもあるという。気苦労が絶えないに違いない。

こんなことなら、妾のほうがずっと楽だわ。

ふきは苦笑まじりにそう思うのだ。

あの御用火事から間もなく、野焼きのあとの肥えた土地に作物が実るように、焼け跡の新しい区画には、新しい建物が続々と建った。

さとほろの至る所で草葺き小屋を建てて営業していた妓楼は、官地の南の一角に集められ、薄野《すすきの》遊郭と名付けられた。中でも東京楼《とうきょう》は、女の雇い賃から年季証文まで開拓使予算で賄《まかな》われる御用遊郭である。

薄野遊郭の一隅に、岡部が楼主を務める「雪乃屋《ゆきのや》」があり、もうほとんど普請が済んでいた。

だが、官費を注ぎ込んだ御用火事と御用遊郭を差配した張本人、岩村判官は、その成果を見届ける間もなく、すでに北海道を離れていた。岩村は、つい先頃、本府建設の長たる職を解かれてしまったのだ。岩村の独断専行が、開拓次官、薩摩の黒田清隆《くろだきよたか》と相容れなかったという噂であった。

岡部に言わせれば、薩摩の黒田にとっては、誰も彼もが目の上のたんこぶなのだという。さとほろの町は、良きにつけ悪しきにつけ、東京の政府に振り回されていた。この町を「さとほろ」と呼ぶ者はもういない。「札幌」と名づけられ、東京の政府に御されて、東京みたいな町になっていくのだろうか。

だが、ふきにとっては、やっぱりここは特別な町「さとほろ」だ。どんな町にも似ていない。依然として、どこへ向かっていくのかわからない、とめどなく未完成な町だ。

女将が思い出したように言った。

「おふきさん、今朝、噂を聞いたのよ。誰の噂だと思う。あのおこげ、安女郎のおこげですよ」

「まあ、生きていたのですか」

「生きていたどころか、えらい出世ですよ。あの妓、官員さんの奥様に収まったんですよ」

「まさか、畑山様の」

「その芋畑、薩摩の黒田次官の引きで、大層な出世をなさったそうですよ。おこげちゃん、玉の輿《こし》で万々歳さ。開拓使の薩摩の天下は揺るがないね」

そうだろうか。

ふきは半信半疑であった。

あれほど権勢を誇っていた岩村も、黒田の一声で去ったのだ。また誰かの一声で、黒田が明日にも去らぬとも限らない。官員ほど無責任で頼りないものはない、と岡部は言っていた。

女将が女中に呼ばれて、廊下の向こうへ消えていった。間もなく、女将の声が聞こえた。

「おふきさん、岡部様がお着きです」

「はい、今参ります」

窓から外を見ると、灯りに浮かび上がる店先に、ひょろりと長い岡部の影が、ゆうらりと揺れて消えた。

商売だけでなく、本当の女房になっておあげなさいな、と青海楼の女将は、いつもふきをからかうのだ。岡部はふきに惚れているのだから、と。だが、肝心の岡部は何も言わない。正直なところ、岡部もふきも、初めて手掛ける貸座敷という商売のことで頭がいっぱいで、それどころではないのだ。

武士の商法、いつなんどき、借財背負って夜逃げすることにならないとも限らない。それでも、ふきの心は軽かった。岡部となら、淵の底まで沈もうとも、きっといつか手を携えて、浮かぶ瀬もある、二人そろって。そう思う。

幸せは、いつなんどき、ぱちんと割れるかわからない、あぶく。栄達も幸福も、うたかたでしかない。

おこげもきっとわかっている。またいつか、淵に沈む日に備えて、おこげは、息をいっぱいに吸い込んでいるかもしれない。

遠くで水車が回る音がする。

コトコトコト、ザッと水が流れて、男も女も、ふうわりと浮かび上がったり、沈んだり。

このさとほろでは。

窓から風が入ってきた。乾いた秋の風である。

また一つ、季節が巡るのだ。

コットン、コットン、コットン……。

岡部のもとへ、廊下を歩くふきの耳に、水車の回る音が聞こえる。

湯壺にて

平坦な道が途切れて険しい岩場に差し掛かると、突如、渓声《けいせい》が襲ってきた。どうどうと岩を砕かんばかりの轟音《ごうおん》である。

六蔵《ろくぞう》は慣れた足取りで岩を伝い、山道を登っていった。

六月の北海道は平地では新緑の萌《も》える初夏だが、鬱蒼《うっそう》と原生林の茂る山に入ると早春のように涼しい。

空は鈍色《にびいろ》に垂れこめていた。あたりが暗くなっていく。

天気が崩れたら厄介だ。

今にも降り出しそうな空模様に舌打ちをして、六蔵は足を速めた。

悪路に気を取られながら歩き続け、ふと顔を上げると、混んだ林の奥に何やら白っぽいものがぼうっと浮かんでいる。六蔵は一瞬、肝を冷やしたが、よく見ると、それは花だった。

季節外れのエゾヤマザクラが、森閑《しんかん》と咲いていた。

枯れ尾花ならぬ、ヤマザクラか。脅かしやがる。

道はまだ上りが続いた。緑が次第に減っていく。芽吹くことを忘れたような楡《にれ》の裸《ら》木《ぼく》が、墓標のように佇《たたず》んでいた。湿った冷たい風が靄《もや》のように絡みつき、六蔵は身震いした。体がしんから冷えていく。

雨どころか、雪でも降ってきそうだべや。

朽葉《くちば》色にしおれた虎杖《いたどり》を踏みしだきながら、六蔵は、一足ごとに季節を遡《さかのぼ》るかのような気がした。

有珠道《うすどう》は北海道の原野を貫き、深山幽谷《しんざんゆうこく》の中を抜けていく。前人未踏の峡谷《きょうこく》を縫っていく。

有珠道、別名、本願寺《ほんがんじ》街道という。明治四年（一八七一年）十月に、東本願寺の旗振りで開かれた新道である。

噴火《ふんか》湾に面する尾去別《おさるべつ》から札幌の平岸《ひらぎし》へと至る、二十六里六町五間《けん》（約百三キロ）、道幅九尺（約二・七メートル）の大工事は、僧侶や門徒も一丸となってもっこを担ぎ、厳寒の冬をまたいで、わずか一年有余で仕上げた。一大工事であり、かつ突貫工事でもあった。

北海道開拓に着手した明治政府にとって、新道開削は急務であった。北海道の中心都市を、従来の函館から札幌へと移すにあたり、海路とは別に陸路が必要であった。財政難に苦しむ新政府に代わって工事を請け負わせるべく、白羽の矢が立ったのが、東本願寺であった。

折しも、廃仏毀釈《はいぶつきしゃく》の嵐が吹き荒れる、御一新直後のことである。かねてより、幕府寄りと目《もく》されていた東本願寺は、新政府への忠誠を示すべく、新道開削事業を自ら願い出るより新時代に生き残るすべはなかった。

完成から五年が過ぎたばかりだというのに、有珠道はすでに荒れていた。道が大きく陥没していたり、土砂が崩れて大きな岩が通せんぼしたりしているところもあり、さながら未開の登山道である。

六蔵は息が切れてきた。

つい去年までは朝飯前だった街道の行き来が、このところ体に応えるようになった。足裏にごろりと石を踏むたびに、六蔵の胸の奥でも、ごろりと重い岩が転がるような違和感を覚える。ごろり、ごろり、と岩が転がるたびに、六蔵の足取りも重くなる。

こんもりとした緑の山なみの向こうに、屏風《びょうぶ》のような灰色のごつごつした岩山が見えてきた。

じき定山渓温泉《じょうざんけい》である。

渓流に沿って下るほどに湯の香りが濃くなった。岩場のそこかしこから、湯けむりが上がっている。人影は見えない。渓声だけが、どうどうと唸っている。

温かい湯の匂いを嗅いで、六蔵はほっとした。背中の荷がひどく重く感じられた。腹に響く川音にゆすぶられ、六蔵はわずかによろけた。

温泉場の勝手口に背負子《しょいこ》を下ろすと、中年の女中が出てきて笑顔を見せた。

「六蔵さん、ご苦労さんでございます」

「定山《じょうざん》さんは、おるかね」

「いんや、あいにくだね。張碓《はりうす》のほうさ、行っとりますのさ」

「ああ、また道路のことかい」

「んだ」

「そりゃあ、ご苦労なこった」

定山坊は、江戸も末期になった頃、行脚《あんぎゃ》の末に蝦夷地《えぞち》まで流れてきた修行僧であった。

あるとき定山は、豊平《とよひら》川上流に、鹿の湯浴《ゆあ》みする鉱泉を見出した。怪我人や病人にも効くという。衆生済度《しゅじょうさいど》を決意した定山は、陳情を重ね、開拓使から扶持米《ふちまい》を受けて、温泉場の湯守《ゆもり》となったのだ。

だが、それも束の間、二年ほど前に開拓使の方針が変わり、湯守は廃止になってしまった。定山の受けていた扶持米《ふちまい》も差し止めとなり、温泉場経営は定山一人の肩にのしかかった。

それ以来、定山坊は困窮に苦しみつつ自給自足の暮らしを続け、温泉場を守っている。

目下、定山坊は、寂れる一方の温泉場に客を呼び込まんと、小樽、定山渓間の山道を拓くために測量と金策に走り回っている。六蔵は、その定山坊に日用品を届けがてら、湯浴みをしにきたのだった。

「六蔵さん、湯さ、つかっていきなさいよ」

空を見上げると、いつの間にか雲がすっかり切れて青空が見えていた。さかんに鳥の鳴き声もする。帰り道の天気を案ずる懸念はなさそうだった。

「ああ、そうするべ。近頃、山歩きが大儀でなあ」

「若い若いと思っとったけど、六蔵さんも、年かねえ」

からかうように女中が言った。

「もうわしも、四十だでなあ」

「四十かい。いんや、まんだ、若い若い。定山さんば、見なさいよ。古希《こき》も過ぎたのに、年がら年中、駆けずり回って、達者なもんさ。負けていられねえぞ」

「温泉のおかげでねえの」

「そうかもしれねな」

「あやかりてえ、あやかりてえ。したら、わしも、ひと風呂浴びるかな」

「たまには、ゆっくり養生していきなせえ」

女中は、六蔵の担いできた荷を抱えあげると、まぶしそうに青空を仰ぎながら、

「ああ、日脚が長くなったねえ、まだお天道様が、あんなに高い」

と歌うように独り言《ご》ちながら、休泊所のほうへと歩いていった。

山も人々も、束の間の陽光をいっぱいに浴びていた。山々の嶺《みね》には、まだわずかな残雪がうかがえる。それもじき消えるだろう。長い冬の後の弾けるような春、そして緑萌える初夏が待ち遠しい。

温泉場は閑散としていた。

官営だった頃は、噂を聞きつけて足を延ばす者もいたが、開拓使が手を引いてから

は、遠くから訪れる者は滅多にいない。せいぜい、六蔵のような土地の和人やアイヌが湯浴みに立ち寄り、エゾシカと遭遇するのがご愛敬である。

開拓使は資金難であるという。

儲かるとなれば、手のひらを返したように、官も温泉経営に本腰を入れるのだろうが。

中途で梯子《はしご》を外され、御上《おかみ》に振り回されてなお、孤軍奮闘する定山坊が気の毒であった。

身軽になると、六蔵は早速、岩盤を穿《うが》った湯壺に身を浸した。

湯壺の表面は、長年湯に洗われて、すべすべしていた。尖《とが》った岩に手をついて、滑らないようにゆっくりと身を沈める。熱い湯にすっぽり包まれると、はあ、と自然に声が出た。

猛々《たけだけ》しい岩山の奥底に、滋味豊かな熱い湯がこんこんと湧き出ているとは、実に不思議なことだと六蔵は思った。

地中に、火の神がおるのかもしれん。疲れ切った地上の生き物たちに、命のかけらを分けてくれるのかもしれん。熱い火の玉のほんのひとしずくを。

大地の熱に抱かれて、六蔵は、胸の奥につかえていた岩の塊《かたまり》が、次第に溶けていくような心地がした。

女中の言うとおり、たまには養生しても罰は当たるまい。二、三日湯治《とうじ》をしていこうか。

六蔵は、峠下で、旅人宿を兼ねた荒物屋をやっている。年老いた母親と女房、十八を頭に、五人の子供たち。畑を耕し、自分たちの食扶持《くいぶち》くらいは、どうにかこうにか賄《まかな》っている。

雇われて荷担ぎをすることもある。旅人や商人の手伝いをすることもあれば、開拓使の役人の下人として荷を担ぎ、出張や視察の供をすることもあった。そんな機会を六蔵は喜んだ。畑にかじりついているより旅を好んだ。

六蔵は仙台藩の下級武士の子である。戊辰の戦で国が敗れて、六蔵の一家は侍の身分を捨てて、北海道に渡ってきた。

両刀を捨て、学問とも疎遠になり、その日暮らしに追われる身に成り果てたが、六蔵は、自分が流されてきた、この北の果ての国の行方を見届けねばならんと思った。故郷を奪い、自分たちを根無し草にした新政府が新開地で何を為すか、見極めねばならんと思った。ただ使役されていてはいかん、政《まつりごと》の有様を知らねばならん。そのために旅は欠かせなかった。

北海道の原野を旅するのは容易ではなかった。街道は整備されず、野宿をすることも珍しくない。毒虫に悩まされ、熊や狼も怖かった。

だが旅をしていると、自然と噂が集まってくる。各漁場の経営状況、どこが大漁でどこが不漁だったか、各地の役人の評判や、新事業の計画。旅の空で、開拓使の役人や土地の古老たちと談論風発《だんろんふうはつ》、時世を語るのも楽しかった。それはさながら、六蔵一人の北海道視察であった。

旅は六蔵をいっとき、一介の農夫の境遇から連れ出してくれた。世の有様を俯瞰《ふかん》させ、若かりし頃の炎のような青雲の志が、胸の奥底で、ちろちろと燃える心地がするのだ。

そんなに好んだ旅も、近頃は骨が折れる。荷担ぎには、自分の代わりに息子たちをやることが多くなった。

四十か。

祖父と父の享年を思う。祖父は四十九、父に至っては四十二の厄年に逝《い》った。二人とも、胸の奥に違和感をおぼえ始めて一年ばかりで床《とこ》につくようになり、間もなく息絶えた。そういう血筋なのかもしれない。

わしも同じ病だろう。

生に未練はある。末の子はまだ八つだ。それに、六蔵は見届けたかった。この北海道の行く末を。仙台藩という故郷を失ってしまった今、子や孫たちにとっての、北海道という新たな故郷の行く末を、しっかりと見据えたかった。

北海道開拓は始まったばかりである。中央政府の意を受けて、開拓使は右往左往している感があった。

だがここにきて、六蔵は一条の希望を見出していた。

開拓大判官《はんがん》、松本十郎《まつもとじゅうろう》。

あの方にならわしら下々の者の声も届く——。

湯壺には先客があった。

土地の百姓だろう。いかにも土の匂いのしそうな、よく日に焼けた、壮年の男であった。手拭いを頭に載せ、やや偏屈そうに眉間に深い皺を刻み、眠ったように目を閉じている。湯からのぞいた両肩は、湯壺を囲む岩かと見まごうばかりに、固太りに盛り上がり、逞しかった。

男はまるで、彼が背にした岩山の如く、泰然としていた。

湯壺には百姓と六蔵。そしてただ川音だけが、どうどうと響いていた。

突然、六蔵の背後で、ぺちゃぺちゃと忙《せわ》しない足音がした。

「えらいすんまへんなあ、はい、はい、ちょっと失敬……」

早口の上方訛《かみがたなま》りが聞こえた、と思ったら、六蔵の横から、ちゃぽん、と小石が落ちるような音を立てて、小柄な男が湯に入ってきた。血色のいい、つるんとした顔の五十がらみの男である。男は、ざはざばと湯をかきまぜるなり、

「はああー、ごくらく、ごくらく、ごくらくぅー」

と愉悦そのものの声を上げ、はあ、だの、ふう、だのと、ため息を重ねた。

騒々しい男である。六蔵が呆気に取られていると、男は甲高い声で、人懐《ひとなつ》こそうに話しかけてきた。

「大将、お近くでっか？」

「あ、ああ」

何が「大将」か、とあきれながらも六蔵はうなずいた。

「旦はんも？　土地のお方でっしゃろか？」

上方の男は、先客の百姓にも愛想よく話しかけた。

「ああ、そうです」

百姓は、険しい顔つきには似つかわしくない、丁寧な物言いで答えた。

「左様でございますか、はあ、手前は、ついこの間、こちらに参りましたばかりでございましてな、商いの筋で参りましてん。仲屋藤兵衛《なかやとうべえ》と申します」

藤兵衛は、聞かれもしないのに自ら名乗って、上方商人らしい、そつのない笑顔を見せて喋りつづけた。

「こら、ほんまに、ええお湯ですなあ……いえね、札幌の、平岸村いうところに、知り合いがございますのや。その家で、こちらにええ温泉場がある、いうて、聞きましてな、なんでも、こちらの定山さんが、平岸村とゆかりがおありとかで、なあ」

「ああ、はい」

定山の妻は平岸村の入植者だった。そのつてで、珍しく上方からの客が姿を見せたのか、と六蔵は合点がいった。

藤兵衛は、なおも喋りつづけた。

「元は官営の温泉場で街道も通ってます、言うてはりましたから、参ったんでございますが……いやこれが、なんですな、本願寺街道、街道、いうて、まったくの山道でっしゃろ？　骨が折れるの折れへんの」

「それはそれは……」

「ええ。ひいひい言いながら、やっとのこと、下りに差し掛かりましてな、さあ、ここを下れば温泉場や、とふらふらになったところで、突然、目の前に、こないに、ごっつう大きな黒いもんが……熊だ！」

「熊、熊がおりましたか？」

六蔵は思わず身を乗り出した。

「……と、思いましたら、ごっつ大きい黒い岩。いやー、命が縮みましたわ」

「岩……」

肩透かしを食って、六蔵はため息と同時に先客の百姓男と顔を見合わせた。

「そやけど、このお湯に入りましたら、寿命が延びましたさかい、損得なし。とんとんや」

藤兵衛は、自分で言いながら、あははは、と無邪気に笑った。

おかしな男だ。

百姓男もつられたように笑みを浮かべた。

「それはそれは、災難でしたな……お近づきに、一杯いかがですかな」

百姓男が、岩陰から徳利と茶碗を取り出して、藤兵衛に勧めた。

「えっ、こりゃどうも、いただきます……えらいすんませんなあ」

藤兵衛は、恐縮しつつも嬉しそうに杯《さかずき》を空けた。

「あなたも、さあ、どうぞ」

百姓は、六蔵にも茶碗を勧めた。

「いや、わしは……」

「遠慮なさらず、さ」

固辞するのも意固地な気がして、六蔵も結局、杯を空けた。すかさず藤兵衛が、百姓男に返杯した。

疲れているせいか、湯に浸かっているせいか、六蔵は一杯の酒で酔いが回った。しかし気分は悪くなかった。

目の前の岩肌が柔らかに波打っていた。湯壺の水面のさざ波が、日差しに照らされ、木漏れ日のような模様を岩肌に、映し描いているのであった。

どうどうと渓声は止《や》まない。

日差しも湯もあたたかだった。何もかもが、ぐんにゃりと歪《ゆが》んでいくようだった。

山も空も日差しも、六蔵も、溶けて流れていくようだった。

「ああ、いい気分だ」

百姓男は、青空を仰いでつぶやくと、藤兵衛に杯を勧めながら聞いた。

「ご商売は、どういったものを扱っておられるのですか」

「へえ、手前どもは呉服問屋でございますが、北海道では、呉服に限らず、手広く商売を致したいと考えまして、手前は、まあいわば、下準備に参った次第です……そやけど、話に聞きますと、どうにもあきまへん」

「いけない？　何がですか」

「景気ですわ。あきまへん。札幌は、ひどい不景気やと聞いておりますわ。それもこれも、開拓使の松本大判官が、ケチなせいやて……ほんまでっか？」

百姓男は、ぐっと言葉に詰まったように見えた。田舎で開拓に従事しているだけでは、政のことなど、よくわからないのだろう。

「本府《ほんぷ》では、食うに困って、逃げ出すお人もある、いうことやありまへんか。このままでは、札幌は、元の原野《あら》に成り果てるとか。なんもかんも、御上が手を打たんせいやて。『松本は大判官の器に非ず、速やかに明智の人に譲るべし！』、言うて、本庁に乗り込まはった商人《あきんど》がおるそうやないですか。ほんま、どないなっとるんやろか」

「そこまでするとは……」

百姓男は口ごもった。六蔵は、もう黙っていられず、助け舟を出した。

「いや、ちょっと待ってください。そったらことではねえのです」

「そやったら、どないなことで」

「札幌は、確かに不景気になったと言われておりますが、それを松本大判官のせいにばかりするのは酷だ。それに不景気も、せいぜい去年までのことで、今はもうすっかり持ち直しています」

「さよか……」

藤兵衛は、興味深そうに六蔵を見つめた。

開拓長官の座にある黒田清隆《くろだきよたか》は、参議を兼任しているので、東京の中央政府にいて多忙を極め、滅多に来道しない。北海道開拓の施政は、明治六年（一八七三年）以来三年この方、開拓使大判官である、松本十郎に任されていた。

松本は、元庄内藩士である。庄内といえば、かつての会津と並ぶ東北の雄《ゆう》、すなわち、官軍にとっては仇敵《きゆうてき》であった。それにもかかわらず、松本は、戊辰の戦では敵将だった薩摩の黒田や西郷隆盛《さいごうたかもり》にその人物を見込まれ、明治二年（一八六九年）、開拓使に出仕し、まず開拓判官として根室《ねむろ》へ赴任。堅実な方策で、見事根室を治めた。

官や民、上下誰もが、松本には一目置いている。耳にする松本の姿勢の何もかもが、かねてから六蔵が、密かに思い描いていた政の理想そのものだった。今までの判官とは違う、真に人の上に立つべき人物。

仙台と庄内、国は違っても、同じ東北の生まれである。六蔵は松本を身近に感じ、かつ敬慕せずにはいられなかった。

その松本が、昨日今日北海道に足を踏み入れたばかりの一介の商人に悪しざまに言われて、頭に血が上った。六蔵は、茶碗酒を、ぐっとあおると、藤兵衛を見据えて言った。

「……まあ、お聞きくだされ。松本様が、判官として根室に赴任なされた当時、開拓使はとにかく資金不足に苦しんでいた。先立つものがなくては、施政もお手上げです。ですから、吏員は皆、手っ取り早く税率を上げるべし、と口を揃えて申し上げた。ところが、松本様は、その献言を退け、反対に税率を下げました」

「ほう？」

藤兵衛の顔に、商人らしい鋭さが一瞬浮かんだ。

「すると、税率を下げたおかげもあり、根室では人口が増え、それに従い、かえって税収は上がったのです。松本様は、始めからそれを見越しておりました」

「ははあ、なるほど」

藤兵衛も百姓男も、感心したようにうなずいた。

「税政策ばかりではない。根室というのは、いわゆる北の果てです。気候風土は厳しく、漁業くらいしか産業もない。移民の暮らしを導くのは容易ではなかった。にもかかわらず、松本様は、毅然とした施政を行ったわけです。まず獄舎を作り、法に反した者は容赦なくぶち込みました。そこは庄内武士、甘い顔ばかりしていたのではございません。漁場の管理もそつなく、その結果、治安はよくなり、利益も上がり、根室は北海道の中でも模範的な開拓地域となりました。松本様の郷里の庄内藩は、幕府時代に蝦夷地警備を命ぜられ、ご本人も留萌《るもい》に二年ほど赴任していたことがある。その経験が役立ったのでしょうなあ」

「そない豊かになりましたか」

「はい。一方、岩村判官時代の札幌は、相も変わらず財政難でしたので、松本様は泣きつかれ、大枚一万円を、根室から本家札幌に貸し付けたということです」

「一万！　そら、また、豪儀や」

「もちろん、後にきっちり回収なさった。ぬかりはない」

「ははあ」

酒のせいか、六蔵は、自分の舌が気持ちよく滑らかに回るのを感じた。

「松本様の施政は、引き締めばかりではございません。病院や学校を建てるとなれば、一千円も寄付をなさる。ここぞという時は金払いがいい。金勘定にも明るい」

「ほな、大判官様は、案外、商売に向いていなさるんやなかろか」

「ごもっともですな」

「もしかしたら、大判官はん、商売でも始めはったら、紀伊国屋もまっつぁおの、お大尽にならはるかもしれん」

「清廉潔白の大判官が、紀文のお大尽か……ははは、愉快愉快」

百姓男が、さもおかしそうに声を立てて笑った。

明治六年（一八七三年）、松本は黒田に乞われ、札幌に着任した。岩村判官の後を引き受けたのである。

松本は清廉潔白、礼儀を重んじる一方、合理主義者でもあった。他の官吏のように、酒楼に足を向けることもせず、付け届けも門前払い。ただひたすら政務に励んだ。

自らの暮らしも、ごく質素なものであった。アイヌがオヒョウの樹皮で織った「アツシ」という布を、上衣に仕立て、それを羽織って身軽に乗馬で巡回に出るので、「アツシ判官」と呼ばれて人々から親しまれている。仕事ぶりは真面目だが、アイヌや百姓とも気軽に酒を酌み交わす。威張らず気取らない人柄に誰もが敬服する。

六蔵は続けた。

「松本様は、そのような手腕の持ち主ですから、ただケチだ、しわい、というのとは違います。そもそも松本様は、岩村判官時代の赤字を解消するために、札幌着任早々、支出を引き締めたのでございます。必要とあらば、思い切って役人の数は半分にして、金のかかる事業も中止した。それで確かに景気は悪くなった。わしも、雇いの仕事がぱったり途絶えたこともあります。だが、その辛抱のおかげで、開拓使の財政は一年ばかりで立ち直ったといいます。実際、中止していた事業も再開を始めておりますし、これから景気は上向くと、わしは見ております」

「さよか、ほな、一安心ですわ」

藤兵衛は赤い顔を緩ませた。

「そやけど、大将、えらい褒めっぷりですなあ。まさか、大判官の懐刀《ふところがたな》、というわけではおまへんやろな」

六蔵は、思わず強くかぶりをふった。

「滅相もない。わしは一介の農夫だ。大判官様は、遠目でしかお見かけしたことはねえ。ですが、わしの息子は、大判官様に恩がある。息子が以前、荷担ぎに雇われたとき、下っ端役人に、賃金を踏み倒されそうになったことがありました。ちょうどそのとき、役所に居合わせた大判官様がそれを聞きつけ、もったいなくも、御自ら乗り出し、その役人を厳しく叱りつけてくださったというのです。おかげで息子は、無事、賃金を受け取ることができました」

「ほお、あなたの御子息が……」

百姓男は、感心したように、湯からわずかに身を乗り出した。六蔵は、応えるように更に熱い口調で続けた。

「大判官様は実に公平な方だ。アイヌや百姓とも、分け隔てなく接してくださる。他のどんなお役人とも違う、あの方だけは……。わしの息子は、ああいうお人に末永く北海道を統《す》べていただけるなら、誰にも住みやすい土地になることは請け合いだ、この土地が富み栄え、故郷として誇らしく思える、と感じ入っておりました。わしもそう思います」

「ははあ、土地の方に聞いてみるもんですなあ。そうゆうことやったら、手前も、商いの折には大判官様のお知恵を拝借せな」

「ぜひ、そうなさい。北海道のためになるご商売でしたら、きっと便宜を図ってくださる」

「良いことをうかがいましたなあ……」

藤兵衛が、急に、ざぶざぶと湯壺から這い上がった。

「ああ、しんど。大将のお話が面白うて、つい長湯してしもた。今日は勉強になりましたわ。おおきに。ほな、お先」

ぺちゃぺちゃと忙しない足音が遠ざかった。

湯壺に百姓男と六蔵だけになると、妙にしんと沈黙が落ちた。渓声だけが、相変わらず、どうどうと叫んでいた。

ふいに、どこかで鹿の鳴く声が、キイィ、と高く響いた。

「鹿鳴《ろくめい》か……雌ですな」

百姓男がそう言って、六蔵がうなずいた。

「雌でしょうな。雄が色気づくには、季節が早い」

「あの声は、餌をねだるのですかな」

「母親が子供を呼んでいるのかもしれません」

少し間を置き、百姓男がしんみりと言った。

「……エゾシカの肉は、まことに、うまいですな」

六蔵は微笑みながら応じた。

「……ええ。わしも、好物です」

六蔵も、同じことを考えていた。

二人は、何とはなしに顔を見合わせて笑った。

百姓男が徳利を差し出した。六蔵が受けると、酒を注ぎながら男が言った。

「もしや、東北の方ではありませんか」

「仙台です」

「では、戦ではご苦労を」

「いずこも同じです」

「いかにも。わたしどもの時代は、戦いが習い性になっている」

六蔵の返杯を受けながら、男は続けた。

「さきほど、あなたの御子息が、松本大判官のようなお人に、末永く北海道を統べていただけるなら、誰にも住みやすい土地になるだろうとおっしゃったが、本当に、そうだろうか」

「北海道は、今やっと、ふさわしい長《おさ》を得た、わしはそう思います。民というものは、長の背中を見て育ちます。子が親の背中を見て育つように。松本大判官の質素倹約を旨とした暮らしや、惻隠《そくいん》の情は、心豊かな民を育てることでしょう。あの方のもとでなら、北海道はきっと、良い故郷になる……」

「故郷ですか」

「わしは、御一新で故郷を失いました。わしも、わしの子供らも。故郷をなくした人間はたくさんおります。だが、わしらには北海道がある。北海道は、故郷をなくした人間たちの新たな故郷になるのです」

「では、アイヌはどうします」

静かな口調で、百姓男が言った。

「アイヌは……」

六蔵は、急に冷や水を浴びせられたような心地になった。熱く滾《たぎ》っていた思いが、行きどころを失った。胸の奥が、すうと冷えた。百姓男は畳みかけるように言った。

「この土地は、本来はアイヌの故郷です。和人が、その故郷を奪って悦に入《い》ってはいけない」

百姓男の言うことは、もっともだった。六蔵は、しばし瞑目《めいもく》し、おもむろに口を開いた。

「……アイヌと和人とが、共生をすることが必要でしょうな」

百姓男は深くうなずいた。

「うむ。おっしゃるとおり。そうできればよいのですが……ご存じですかな、明治政府は樺太《からふと》を放棄した」

樺太は、長く日露両国の雑居地だったため、紛争が絶えなかった。明治政府は、領土問題を解決すべく、ペテルブルクに、特命全権大使・榎本武揚《えのもとたけあき》を派遣し、明治八年（一八七五年）樺太千島《ちしま》交換条約が調印された。日本は得撫《うるつぷ》以北十八島と引き換えに、樺太全島を放棄することになったのだ。

樺太に住む和人は、速やかに引き揚げを完了した。日本に帰属することになった南部樺太アイヌも、故郷を捨てねばならなかった。

「樺太アイヌの移住地は、樺太と気候風土の似ている宗谷《そうや》のあたりに決まっていました。海の向こうに故郷が見えるし、アイヌもそれなら、と移住を決めた。ところが開拓使は、樺太アイヌたちを、宗谷から、更に遠い石狩の対雁《ついしかり》に移住させようというのです」

「それはまた、どうして」

「さて、上の決めたこと……アイヌは抵抗しています。松本大判官も……承諾していない」

「もちろんです。そんな理不尽を、大判官が許すはずがない。松本様は、どんなことをしても、アイヌを守るに違いない」

「そうでしょうか……」

「わしは、聞いたことがあります。大判官が根室の判官時代、根室郡を東京府に移管する話がありました。東京は根室の漁利に目を付けたのですな。松本様は、そんな理不尽は許せぬ、と黒田様に直談判に及びました。松本の言うことなら、と黒田様の鶴の一声で、移管の話は沙汰やみになったとか。このたびも、きっと」

「黒田様が、動くと」

「何といっても、黒田様は、松本様に全幅の信頼を置いているはずです」

「そうだといいが……所詮、大判官も、開拓長官も、役人でしかない。問題が大きければ大きいほど、国の方針が覆されるのは難しい。役人個人の良心は、無力だ」

「役人は、自らの良心に従おうとしても、結局は単なる駒だというのですか……大判官様でさえ」

「だとしたら、役人とは、虚しいものですなあ」

どうどうと渓声は鳴りやまない。この流れには、抗えない。木の葉も枝も、岩さえも、いつかは流されてしまう。

日がわずかに傾いていた。山の端が茜《あかね》色に染まりかけていた。川の音も、熱い日差しも、身内まで染み入ってくるようだ。酔いと日差しと鉱泉が、心地よく体を揺らしていた。

ふと思い出して、六蔵は言った。

「松本大判官様は、土いじりがお好きだそうです」

「ほう」

「官邸の周囲には、花を植え、女子供に分け与えると言います。自らも畑を耕し、開拓地に赴いては、農業談議に花を咲かせるとか」

「なるほど」

「わしには、よくわからんのですが、近頃よく思うのです。命というのは、絶えずやりとりをしているのではねえかと」

「ほう?」

「何と言えば、いいのか……例えば、わしらの命が、小さな火の玉みたいなものだったとして、その火の玉が、消えそうに小さくなったり、燃え盛って、大きくなりすぎたりすることがあるとします」

「ふむ」

「わしらは、その火のかけらを、絶えずお互いにやりとりをしながら、己の火の玉を、大きく燃やしたり、小さくしたり、どうにか平衡《へいこう》を保って、生きているのではねえかと、そう思うのです」

「なるほど」

「一人では生きられない、というのは、そういうことではねえかと思うのです。やりとりは、人でなくてもいい。どんな小さな花とでも、虫とでも、土や、山や、水とでも、やりとりはできるのではねえかと思うのです。松本様は、そういうことを、よくご存じなのではねえかと、わしは思うのです。松本様は、命の声に耳をすまし、政に反映されるお方だ。和人の命もアイヌの命も、役人だろうが、百姓だろうが、どの命も公平に、やりとりがあることをご存じだ。だから、どの命も、公平に粗末にしない。そういうお方が、上に立ってくれる限り、わしは、北海道を我が故郷として誇りに思える。故郷を追われた賊軍の我々にも、公平な新世界を作ることができるのは、薩摩の黒田様ではなく、庄内の松本様だと、わしは思うのです」

百姓男は、閉じていた目を開け、最前の穏やかさとは打って変わった、憤るような口調で言った。

「だが、実際の政というのは、そんな命のやりとりを、ばっさり切り捨てなくてはできないのではないですかな。賊軍を切り捨て、アイヌを切り捨て、新政府の目指す国は、そうしてでき上がっていく……」

六蔵は、この百姓もまた、昔は侍だったのではないか、と感じた。

六蔵は、まだ記憶に新しい、戊辰の戦のことを思った。錦旗《きんき》を掲げて攻め入ってきた官軍の、容赦ない仕打ちを。

　百姓男は、いらだたし気に続けた。

「国を生かすために、人を殺さなくてはならないなど、そんなことは間違っている。間違っているが、政というのは、時には目をつぶり、人を殺さなくては成り立たない……」

　六蔵はきっぱりと言った。

「わしは信じとります。松本様が北海道におられる限り、無情なことは決して許されぬ、と」

「大判官がその言葉を聞いたら、何よりの励みになるでしょうな」

百姓男は、なぜか少し、寂しそうに天を仰いだ。

　身支度をして休息所に行くと、藤兵衛が碁盤を前に団扇《うちわ》を使っていた。先に上がったはずの百姓男の姿は見えなかった。

「どないです、一番」

藤兵衛が誘った。

「受けて立ちましょう」

二人向かい合って碁盤を中にすると、藤兵衛が急に伸び上がって、外を指差しながら言った。

「おや、あれは、先ほどの旦那と違いますか。えらい急いではるなあ。あら、けったいなもの着てはる……」

六蔵は、獣道を分けて行く男の後ろ姿を見て、ぎょっとした。

アツシ。

男は、アイヌ模様の縫い取りのあるアツシを、洋服のように仕立てて羽織っていたのだ。

まさか、あの人は。

六蔵は、ざわめく胸の内をおさめ、自分の突拍子もない思い付きをすぐに打ち消した。

まさか、松本様が、このようなところでのんびり湯に浸かっているはずがない。執務に忙殺されて、猫の手も借りたい忙しさなのだから……。

自分で自分を納得させながら、六蔵は依然として、百姓男の背中から目が離せなかった。

アッシの背は、昏《くら》い林の陰《かげ》に隠れた。

どうどうと山をさえ揺るがすような渓声が、後に残った。

エゾシカが、アッシの背に向かって甘えるように、キイィ、と鳴いた。


その日から、ひと月ばかり後の七月末。

六蔵は、松本大判官が職を辞し、突如姿をくらましたことを知った。

大判官が巡視で留守にしている隙に、黒田配下の役人が、樺太アイヌたちを無理やり銃器で追い立て対雁へ強制移住させた、その事件を知った直後のことだという。

あの松本でさえ、力及ばず、黒田の専横に太刀打ちできなかった。

——役人とは、虚しいものですなあ。

あの百姓の言葉が、六蔵の胸に刺さっていた。

所詮、駒なのか。役人も、開拓判官でさえも。

では、駒を動かすのは誰なのか。

六蔵は、その者にこそ、アッシの背中を見せてやりたいと思った。

開拓大判官・松本十郎は、明治九年（一八七六年）七月十二日、上川《かみかわ》巡察から帰るやいなや、辞表を出した。黒田は止めようと急ぎ四方に人を走らせたが、松本は追跡を振り切り、その足で故郷鶴岡に逼塞《ひっそく》。「松農夫」と号して、帰農。

爾来《じらい》、松本は、二度と北海道に足を踏み入れていない。

七月のトリリウム

白波が次々に押し寄せては、青海原《あおうなばら》に砕け散る。

まるで白い花びらが、風に舞うかのように。

舳先《へさき》で白い飛沫が躍るのを見ているうちに、黒田《くろだ》はふと、以前どこかで見た白い花のことを思い出した。

一面の緑の草原に点々と咲く可憐な花、艶やかな濃緑の葉に抱《いだ》かれて、羽を休める白い蝶のような。

はて、あれはどこで見たのだったか。

真白い真珠のような輝きが、目に焼き付いているというのに、どこで見たのか思い出せない。

まるで夢の中の景色のような。

考えているうちにも、船は激しく揺れながら、白波を分けていく。白い花を、波のまにまに咲かせつつ。

一路、北海道へ。

開拓使御用船、玄武丸《げんぶまる》は、とにかく、よく揺れる船である。

四年前、米国の造船所で作られた。

以来、この六百四十四トンの小汽船は、多忙な開拓長官・黒田清隆《きよたか》の海上の足として、文字通り東奔西走してきた。

開拓長官という身分でありながら、黒田の拠点は依然として東京である。維新の先導役であった薩摩藩出身の黒田としては、東京、すなわち中央政府への目配りは欠かせない。北海道、海外、そして東京を結ぶ「足」が必要不可欠であった。

去年の春は、ロシアとの間に交わした樺太千島《からふとちしま》交換条約の後処理で樺太へ行き、また秋には千島を巡った。年が明けるや、この二月には、日朝修好条規調印の交渉のために全権を帯びて朝鮮へ赴いた。

もちろん、その間を縫って北海道へも通った。天皇行幸に合わせて、慌ただしく函館、小樽を廻り、とんぼ返りしたのは、たった二週間ばかり前のこと。その後帰京するや、黒田は息つく暇もなく、こうして再び船上の人となった。

これだけ乗り尽くすと、さしもの蒸気船も、履き慣れた下駄のようなものである。

もっとも、ひどく揺れる下駄ではあるが。

さて、そろそろ時分どきだわい。

黒田は一等船室を出て、甲板下中央のホールへ向かった。

大切な三人の客人と共に、食卓を囲むために。

つい一か月前にアメリカから迎えた、三人の教師たち。

二十五歳のウィリアム・ホイーラー、二十二歳のデビッド・ピアース・ペンハロー。そして二人の師であり、マサチューセッツ農科大学学長でもあるウィリアム・スミス・クラーク、その人たちである。

去る明治五年（一八七二年）四月、東京・芝増上寺《しばぞうじょうじ》本坊に開拓使仮学校が開校した。

北海道開拓の指導者たる人材育成を目的としたこの学校では、在来外国人講師の指導のもと、英語や数学はもとより、地学、鉱山学、測量、農学など、およそ北海道開拓に必要な学問はすべて網羅されていた。

やがて、かねてより手掛けられていた、札幌本府《ほんぷ》および周辺の農地開拓が進むと、開拓使仮学校は本来の目的に沿うべく、「札幌学校」と改称した上で、北海道・札幌に移転した。明治八年（一八七五年）のことである。

そして今年、明治九年（一八七六年）七月。

札幌学校は、アメリカから三人の指導者を迎えることとなった。本邦初の本格的な農科専門学校として、生まれ変わるために。

黒田がホールの前まで来ると、女が一人、中をのぞき込むようにしていた。

伝習工女か。

玄武丸は、農学校関係者だけでなく、製糸伝習工女たちも乗せていた。札幌製糸場がこの九月に新築落成するので、そこで働くためである。

彼女たちは、官営富岡《とみおか》製糸場や東京試験場で数年にわたる伝習を受け、技術に習熟した精選工女たちである。札幌では、彼女たちが新米工女たちの技術指導に当たることになる。

伝習工女たちには、開拓使幹部同様、一等船室があてがわれていた。養蚕《ようさん》と製糸業は殖産興業政策の要《かなめ》のひとつであり、修練を積んだ彼女たちは大切な人材なのである。

あの女、確か、昨日も見たような……。

二十歳をいくつか過ぎたくらいの、立ち姿のすらりとした女である。その女は、昨夜も一人でホールの近くをうろついていたのだ。

やや吊り上がった目元が涼し気で、いかにも男好きしそうな横顔である。工女にしては、身のこなしが妙に艶《つや》っぽい。

女はしきりにホールの中をのぞき込んでは、身をよじったり、ため息をついたりしていた。

女のくせに物陰からのぞき見をするとは、無作法な。

女のこそこそした素振りが、まるで女郎が襖《ふすま》越しに客の品定めをしている様子そっくりで、黒田は不快に思った。

「おいこら、何の用だ……」

黒田が声をかけると、女は「あっ」と小さく叫んだ。そして「失礼しました」と言って会釈をすると、逃げるように去っていった。

まったく、近頃の若い女ときたら行儀の悪い。

女の様子を不快に思いながら、黒田はホールに足を踏み入れた。

とたんに、船が大きく傾いた。

よろめく黒田を迎えたのは、船の揺れなど微塵《みじん》も感じさせないくらい、すくと背筋を伸ばして微動だにしない、アメリカから来た三人の教師たちだった。

まるで三本の柱がそれぞれ支え合って、この船の一角に小さな、しかし確固たるアメリカを作っているかのようだった。

では先ほどの女は、この異人たちを透《す》き見していたわけか、ふしだらな。

黒田はますます不快を覚えたが、無理に笑顔を作って教師たちへと向かった。

——やあ、黒田さん、ご機嫌いかがですか。

クラークは、学長という身分を感じさせない、気さくな明るい声を出した。

硝子《ガラス》のような青い瞳は、こちらまで落ち着かなくなるくらい、くるくると良く動いた。まるで人懐《ひとなつ》こい文鳥のようである。顔半分を覆う美髯《びぜん》が威厳を与えてはいるが、肌艶も身のこなしも、とても五十歳を目前にしているとは思えないほど若々しい。

クラークと黒田との間に、開拓官吏で通訳の内藤誠太郎《ないとうせいたろう》が影のように身を差し入れ、速やかに通訳した。彼は、クラークが学長を務めるマサチューセッツ農科大学に、三年ほど留学していたことがある。

——よろしい、ありがとうございます。しかし今日はまたよく揺れますが、先生はさすが動じませんな。

――とんでもない、カラ元気です。実はもうへとへとで……若い者には内緒ですよ。

そう言って、クラークは声をひそめる振りをして、ホイーラーたちへと、わざとらしく視線を送った。二人の若者が控えめな笑みを浮かべた。

――先生方も、ご気分はいかがですか。

黒田が、若い二人の教師を労《いたわ》った。

――先月の嵐に比べたら、たいしたことはありません。

やや小柄なホイーラーが肩をすくめ、見上げるような長身のペンハローが静かにうなずいた。

ちょうどひと月前の六月下旬、教師三人を乗せた四千三百トンの外輪蒸気船、グレート・リパブリック号は、サンフランシスコから横浜へ航行する太平洋上で、かつてないほど大型の台風に遭遇した。その折、ホイーラーは科学者の本領を発揮して、台風の特性と回避の方法を船長に助言するかたわら甲板に出て、暴風雨の様子をつぶさに観察したという。

――嵐の渦中で海や空の様子を三百六十度観察することなど、滅多にない機会だったので、大変興味深い体験でした。

ホイーラーはそう言って、その大きな目を輝かせた。

――彼が大活躍していたとき、わたしは船酔いですっかり参っていました。全く使い物にならなかった。なあ？

クラークが、少しおどけたようにそう言って、ホイーラーを持ち上げた。

――参っていたのは先生だけではありません。私も、ほかの乗客も、起き上がることもできなかった。あれはとにかく、ひどい嵐でした。

ペンハローが、クラークを気遣うように言葉を添えた。

玄武丸がまた大きく揺れた。

――でも確かに、この船はよく揺れますね。

ホイーラーが周囲を見回して言った。

――構造上の問題か……もっともこの大きさでは、無理もないでしょうが……。

――この船は、特によく揺れるのです。ゴロタ丸と呼ばれる所以《ゆえん》です。

黒田が言った。

「ゴロ、タ、マル？」

ホイーラーが怪訝《けげん》そうに繰り返した。

黒田が、ゴロゴロ、と言いながら起き上がりこぼしのように体を揺らしてみせると、若い教師二人の顔に笑みが浮かんだ。

開拓使御雇い教師とはいえ、素顔は二十二歳と二十五歳の青年である。二人とも時折、学生といってもいいくらい、無邪気な面を見せる。それでいて、決して羽目を外して乱れることはない。雄弁でありながらあくまで礼儀正しく、常に同席者へ配慮を忘れない。

ホイーラーは、十六歳の時、史上最年少でマサチューセッツ農科大学に入学し、優秀な成績で卒業した俊英である。在学中から、早くも土木技術者として実務に当たり、卒業後は花形産業であった鉄道業界、マサチューセッツ・セントラル鉄道の技術者の一員として設計施工を担った。

ペンハローも、やはり同大学を卒業、その後、大学で助手を務めていて、ホイーラーに負けず劣らず逸材である。

二人とも専門性の高い学問を身につけ、それに加えて人格高潔である。

黒田の目に、ホイーラーとペンハローは、まさにアメリカ教育の成果のお手本のように見えた。

札幌農学校の卒業生は、こうならねばいかん。

黒田は、将来の農学校生徒の姿を、ひそかにホイーラーたちに重ねてみるのだった。

玄武丸に同乗している官費生は十一名。いずれも東京英語学校や開成学校の元生徒たちで、自ら北海道行きを志願し、選抜試験をくぐりぬけた秀才である。彼らは札幌農学校第一期生として、北海道新時代の最前線を担うであろう期待の星なのである。

三人の外国人に通訳の内藤、黒田と生徒の監督を担う森源三《もりげんぞう》が加わり、一同は着席した。

食卓でも、会話を引っ張るのはクラークであった。

揺れる船上で料理や飲み物と格闘しながらも、クラークは、まるで玩具を目の前にした子供のように楽しげであった。

――もう二十年も前のことになりますが、私の恩師が、ヨーロッパへ視察旅行に行くことになりました。ところが、その先生は船が苦手で、しかし職業上、どうしても行かねばならない。気が進まないながらも、先生は六か月にわたる視察を終えて、無事帰国しました。後日、旅の思い出話の中で先生はおっしゃいました。「私の子や孫が、船旅ができるほど金持ちでないことは幸いである」と……。よほど、船酔いに悩まされたのでしょう。

――信じられない、船の旅ほど楽しいものはないのに。

比較的船には強いらしいホイーラーが大真面目に嘆息すると、食卓は和やかな笑いに包まれた。

クラークは鉱物学、化学、植物学に明るく、ドイツ留学経験、南北戦争での従軍経験があり、州議会で下院議員も務めた。彼の話題は多岐にわたり、驚くほど豊富であった。そのうえ身振りを交えた話術が巧みなので、内藤の通訳が追いつかなくても、誰もがつい引き込まれてしまう。

――そういえば、こちらに来る前に、カボチャの膨張実験を致しましたが……。

食事の手を止め、おもむろに話し始めるクラークの青い目は、冒険を目の前にした少年のように生き生きと輝く。聞き手はおのずと身を乗り出す。

――成長途中のカボチャを、縄でぐるぐる巻きに縛るのです。それでも、カボチャの成長は止まりません。きつく縛った縄目の間からはみ出して、カボチャがどんどん大きくなっていく……植物というのは、いや、しぶといものですな。生命力というのは、それほど強い。わたしども研究者は、実験の結果に満足しました。そして、この生命の神秘を、子供たちにも、ぜひ見せてやろう、ということになりましてね。手始めに、うちの一番下の五歳の娘を連れてきました。ところが娘は感動するどころか、ひどく悲しそうな顔をしました。そして私に、おずおずと頼むのです。「ねえ、パパ、お願い、そろそろカボチャを許してやってくれない？」と……いやはや、娘の目には、カボチャが何か悪さでもやらかして、御仕置《おしおき》されてでもいるように見えたのでしょうな……もちろん私は、愛する娘のために、すぐにカボチャを許してやりました。

クラークは、アマーストの家に帰れば、十一人の子供の父親なのである。

——そうそう、イギリスのキュー・ガーデンで見た、ビクトリア・レギアは素晴らしかった。

いつしか話題は、クラークの専門のひとつでもある植物学に関することとなった。

——実に神秘的な蓮《はす》の花です。あの花に出会ったことが、私が本格的に植物学をやる契機のひとつになりました。忘れられない思い出です……。

花と聞いて、黒田は、つい今しがた、青海原の波濤《はとう》の飛沫に重ねた、幻のような白い花のことを思い出した。

緑の草原に点々と咲く、輝くような可憐な白。

なぜ花のことなどを思い出したのか……。

クラークの巧みな話術に耳を傾けつつ、黒田は、三人の教師たちを見るともなく見比べた。

同席者に均等に目を配りながら、あたかも気取らない講義を披露するかのように、次々に話題を繰り出すクラーク、静かに聞くペンハロー、そして、当意即妙に切り返すホイーラー。

そのホイーラーの胸元に、小さな勲章のような緑色の飾りがあった。よく見ると、それは小さな白い花の飾りなのだった。緑の葉に囲まれた、ポツンと小さい白い花――。

「ホイーラー先生、あなたのその、胸にあるのは……」

黒田はホイーラーをまっすぐに見つめ、思わず日本語で問いかけた。

内藤が通訳する前に意志が通じたらしく、ホイーラーは即答した。

――トリリウム。

それがその花の名前だった。

内藤の通訳によると、どうやらその花の飾りは、ホイーラーの身内からのプレゼントだという。

「この花はお守りのようなものだ、ということらしいです」

内藤がそう伝えた。

三枚の緑の葉の中心に、三弁の白い花。まるで日本の家紋のように、均衡の取れた美しい形。それは、黒田の記憶の中の白い花によく似ていた。

その飾りが、ここ数日の間、無意識のうちに黒田の視界に入っていたのだろう。そのせいで、ふとした瞬間に、いつかどこかで見たことのある花のことを思い出したのかもしれなかった。

いつかどこかで、まるで夢の中で見たかのような……。

そのとき、突然ホールの真上から、どしんどしん、と大きな衝撃が起こった。

「何事か」

どしんどしん、どんどん、と叩きつけるような衝撃は、ますます激しくなった。どうやら甲板上にいる誰かが数人で、足を踏み鳴らしているようなのだ。

まさか、外敵からの攻撃か。

一抹の不安がよぎった。

この同じ海で、旧幕府脱走軍が官軍相手に大敗を喫したのは、もう七年も前のことだった。黒田も官軍の陸軍参謀として兵を率いて、東北から北海道まで転戦したものである。

黒田は立ち上がると、三人の教師たちに「失敬」と言い残し、押っ取り刀で甲板へ向かった。森源三が、遅れじと後に続いた。

なんと甲板で暴れていたのは、三人の官費生たちであった。こともあろうに、官支給の洋服に洋靴姿で、狂ったように大声を張り上げ、飛んだり跳ねたり、足を踏み鳴らしていたのである。

「何の騒ぎだ、これは」

茫然とする黒田の目の前で、彼らは奇声を発し、聞くに堪《た》えない卑猥《ひわい》な俗謡まで歌っていた。そして、まるで場末のちんぴらのように、一人の伝習工女を囲んで戯《たわむ》れかかっていたのである。

「おぬしら、御用船上で何をしておるのだ！」

髭を震わせ激昂する黒田を見て、生徒たちは一瞬黙った。まさか開拓長官じきじきに一喝されるとは、思ってもみなかったのだろう。

その隙に、工女は身を翻《ひるがえ》して彼らから離れ、黒田たちの後方に隠れた。

おや、またあの女ではないか。

それは先般、黒田がホール前で見かけた、怪しい振る舞いをしていた工女であった。

森源三が生徒たちの前に進み出た。

今でこそ、開拓使の事務に当たっているが、彼は越後長岡藩出身の砲術家である。

青年時代は江戸の名門・江川《えがわ》塾に籍を置き、黒田と同門でもあったが、戊辰の戦では、かの河井継之助《かわいつぎのすけ》のもとでガトリング・ガンを撃ちまくり、官軍を散々手こずらせた手《て》練《だ》れである。

その森も怒り心頭、声を上ずらせて怒鳴った。

「こともあろうに、先生方が御膳を召し上がる頭上にて、騒動を起こすとは何事か、恥を知りなさい。おぬしら、それでも……」

それでも武士かと言いかけて、森は言葉を飲みこんだ。その一言は本音ではあるが、いささか時代遅れであった。

いつのまにか、通訳の内藤もそこにいた。彼も今ではアメリカ帰りの通訳だが、出自は長州。かつては高杉晋作《たかすぎしんさく》のもとで、奇兵隊《きへいたい》の分隊長を任されていた男である。黒田は言わずと知れた元政府軍陸軍参謀。三人とも、歴戦をくぐりぬけてきた猛者《もさ》である。

ところが生徒たちは、黒田らの叱責にもどこ吹く風。ひるむ様子も見せない。

「申し訳ございませんでした……」

「お騒がせして失礼いたしました……」

口では謝るようなことを言っても、不服そうな様子がありありと見てとれた。どの顔もきかん気が強そうな、ひと癖ありげな面構《つらがま》えである。

一人の目立って顔立ちの整った、姿のいい生徒が飄々《ひょうひょう》として言った。

「そうはおっしゃいますが、こちとら、荷物やら石炭やらと一緒に三等船室に押しこまれて、こうも揺さぶられちゃ、たまりません。ちょいと気分直しに外の空気を吸いに出たまで。ご迷惑をおかけしたなら謝ります」

生徒は、やや土佐訛《なま》りの江戸弁で挑むようにまくしたてた。仲間の二人も「そうじゃ、そうじゃ」と口をそろえた。

生意気な。近頃の若いもんは礼儀も知らん。

これが開拓使の名のもとに選りすぐった、日本屈指の秀才かと思うと、黒田は情けなくなった。薄汚れていて、無礼で、近代の香りなど微塵もしない。

「だからといって、伝習生の女性をからかうのはいかん」

すると、もう一人の生徒が鼻白んで言った。

「あれは売女《ばいた》だ」

「何？　口を慎め」

間髪を容れず、最初に口を切った生徒が更に言葉を継いだ。

「いや、言わせてもらいます。わたしたちが三等で、あの売女めらに一等船室をあてがうなど、納得がいきません。わたしたち官費生は、北辺に屍《しかばね》晒《さら》す覚悟で志願してきたのです。それを……」

どうやら彼らは、船内の待遇に不満を持っているらしい。

ろくな礼儀も持ちあわせず、自尊心だけは一人前と見える。

「やかましい！　小童《こわっぱ》のように騒ぎたてて、恥ずかしくないのか！　工女は国の宝。おぬしらは国の恥じゃ。文句があるなら、とっとと失《う》せろ」

「失せろとおっしゃいましても、ここは船の上……」

「では、海に放りこんでやろうかっ」

黒田が拳を振り上げるや、森が間に入った。なおも黒田がかみついた。

「おぬしら、名を名乗れ」

「黒岩四方之進《くろいわよものしん》と申します、土佐の生まれです」

「同じく、内田瀞《うちだきよし》」

「田内捨六《たのうちすてろく》、同じく、土佐じゃ」

三人は反省するどころか、ますます気焔《きえん》を吐いて黒田を見返した。まるで幕末の素浪人どものような、血走った目つきである。

だが黒田こそ、本物の幕末の志士あがりである。薩摩の末輩《まつぱい》から身を起こし、数えで三十七歳の今、開拓長官にまで登りつめた。素浪人もどきなど屁でもない。

「ええい、小癪《こしやく》な、ぬけぬけと。土佐っぽめ、礼儀知らずにもほどがある。勘弁ならぬ、退学だ！　函館で降ろしてしまえ！」

森が黒田を押しとどめ、生徒たちにきつく言い渡した。

「まあまあ、長官殿……おぬしら、長官殿に楯突《たて》くとはなんたることだ。函館に着くまで船室で謹慎を申しつける」

生徒たちは森にどやされながら、不服そうに船室へと降りていった。

黒田の背後で大きなため息が聞こえた。振り向くと、いつの間にかクラークがそこに立っていた。

「オー、ボーイズ」

クラークは、引かれていく生徒たちを見送って、うっすらと微笑んだ。


ホールに戻り、黒田はクラークたちに謝罪した。

——お騒がせして申し訳ない。あの生徒たちの体たらく、面目次第もない。

——とんでもない。元気でよろしい。

——なっとらんのです。品位というものがない。

——いや、なかなか見込みのある生徒たちです。

──そのようにかばっていただいては、余計に申し訳ない。

──長官殿、私は本心から申しています。あの子たちは、なかなか見込みがある。

クラークが神妙にそう言うので、黒田は彼がふざけているのか、本気なのか、わからなくなった。

──先生、こうなったら腹を割って申し上げます。ご覧になったように、我が官費生たちは蛮人のごとし。これからあの者どもを、徹底的に鍛え直さねばならんと思うのです。

──よくわかります。

──札幌農学校は、農業の専門教育を施す教育機関です。だが同時に、新時代をけん引していく指導者を育てなくてはならない。そのためには、専門科の教育のみならず、人格教育が必要であると考えます。

──至極ごもっともです。

クラークは、静かにうなずいて続けた。

──それこそ、我がマサチューセッツ農科大学が理想とする教育です。そして、わたしたちがはるか太平洋を越えて参ったのは、まさにその理想を、北海道で実践するためなのです。困難もあるだろうが、素晴らしい事業になると確信したからです。まっさらな大地に、まっさらな生徒たち……黒田さん、新しい学校を一から作ることほど、面白いことはないとわたしは思います。幸い、私には多少の経験がある。

黒田も深くうなずいた。

クラークは、マサチューセッツ農科大学の創立以前から、大学創設に関わっていた。正式な学長としては三代目だとはいえ、初代、二代目共に早々に辞職しているので、実質的には初代の学長のようなものであり、大学創設の立役者でもあるといえた。

ニューイングランドと北海道は気候風土もよく似ていた。クラークは、北海道における農科大学設立のための人材としては、打ってつけだった。

とは言っても、地位も名誉もある多忙な彼が、極東日本の、しかも北の果ての開拓地まで、はるばる赴いてくれるとは到底思えなかった。ところが、すでに開拓使嘱《しょく》託《たく》並びに顧問として来日していたホーレス・ケプロン農務局長の口利きもあり、クラークは、開拓使からの要請を二つ返事で受け入れたのである。

ただし、二年契約の要請を一年に縮めてもらいたいとの希望であった。クラークには、アメリカでも仕事が山積していたのである。

その折衝《せっしょう》の折、クラークは自信たっぷりに言った。

「私は二年分の仕事を、きっと一年で成し遂げてみせましょう」と。

開拓使は、彼の希望を受け入れた。

かくしてクラークは、彼の眼鏡にかなった二人の助手を引き連れて、意気衝天と来日したのである。

三人の頼もしい教師たちが、学校の屋台骨をしっかりと支えていくだろう、黒田はそう思った。

——クラーク先生、以前も申しましたが、わたしは、一旦、クラーク先生を信頼したからには、すべてお任せ致します。学校づくりについては、私は素人同然ですから、余計な口出しは一切しない。あなたにすべて一任します。どうぞ存分に腕を振るっていただきたい。

——光栄です。それを聞いて安心しました。わたしたちの方針は、完全に一致した。

クラークは、よく動く碧眼《へきがん》を生き生きと輝かせながら続けた。

——ところで、黒田さん。一つ大事なご相談がまだ残っておりました。札幌に着いてから、ゆっくり話をしようと思っていたのですが……。

——何をおっしゃいますか、先生。そうと決まれば、仕事は山ほどあるのです。先生もわたしも、ますます多忙になります。今できることなら、片づけてしまいましょう。

黒田にとって、農学校づくりばかりが仕事ではなかった。勧業、外交、国内政治と、懸案の仕事はいくらでもあった。それでも農学校創設に手を抜くことはできない。人材育成は、明治新政府を維持するための要であった。

――先生、どうぞ何なりとおっしゃってください。

――では率直に申し上げます。生徒に人格教育を施すために、教科書として、聖書を使う許可をいただきたい。

「聖書だと？」

黒田は思わず、通訳した内藤に大声で聞き返した。内藤は戸惑いながら、

「はい。クラーク先生は、聖書の使用を許可していただきたいとおっしゃいました」

と重ねて答えた。

クラークは自分の言葉の反応をうかがうように、その碧眼をじっと黒田に据えていた。

明治六年（一八七三年）二月、太政官布告により、キリシタン禁制の高札が撤去された。

とはいえ、明治政府がもろ手を挙げてキリスト教を歓迎したわけではなかった。それは黙認ですらなく、キリスト教は依然として、明治新国家の方針と相容れぬ異教で

あった。

実際、高札撤去後も、政府による弾圧はますます厳しくなっていた。昨年も函館で逮捕騒ぎがあったほどである。

北海道開拓に、外国の技術と方策は必要不可欠である。しかし、事もあろうにキリスト教の柱である聖書を、官の教育機関である札幌農学校で使うわけにはいかない。

黒田は、精一杯穏やかに言葉を尽くした。

――ご存じのように、我が国の政府はキリスト教を奨励していない。そこのところをご理解いただきたい。聖書のご使用を許可することはできません。

――存じております。ですからこうして、黒田さんに直接ご相談しております。例外をもうけていただくように……。

――先生、それはできない相談です。政府の方針に例外はない。

――しかし、黒田さんはさきほど、すべてわたしに一任するとおっしゃったではありませんか。武士に二言はないはずでは？

黒田はぐっと言葉に詰まった。クラークが、かすかに笑ったような気がした。

――先生、なんとおっしゃろうと国法を曲げることはできない。では、逆の立場に立ったとお考えください。先生は、お国で自分勝手に例外を作り、国法を曲げることができますか。自国の常識を他国に無理強いなさいますか。

するとクラークは、ぐいと身を乗り出して、吸い込まれるような碧眼で、黒田をじっと見据えて言った。

――貴国は発展途上の国である。だからこそ、我が国より我々のような教師を招いて指導を仰いでいるのではありませんか。わたしどもはあなたに頼られた。だからこその助言です。あなたは受け入れなくてはなりません。従わなくてはなりません。いわばわたしたちが教師、あなたたちが生徒だ。先生の言うことに生徒が、あれも駄目、これも駄目、と従わないでいたら、教育などできません。

――あれも駄目、これも駄目などとは申しておらん、ただ一つだけ、聖書はいかん、と申しておるだけです！

黒田がとうとう声を荒らげた。

内藤は、かろうじて通訳を続けた。森も、はらはらしながら見守っている。

一方、ホイーラーとペンハローは至極落ち着いていた。クラークの脇を固めるように、じっと黒田を見つめていた。

――聖書を。それ以外に、私は人格教育の方法を知りません。

そう言ったきり、あれほど饒舌《じょうぜつ》だったクラークが一転して口をつぐんだ。

間もなく食事を終えた教師三人は、あくまで礼儀正しく立ち上がると、ホールを出ていった。

黒田は、後に残った内藤を問いただした。

「どうしてクラーク先生は、ああも聖書にこだわるのだ？　東京では、そんなこと一言も言っていなかったではないか」

「さあ、反対されるとわかっていたからではないでしょうか」

「それなら今になって、どうしてこんなことを言い出すのだ」

「無理が通れば道理が引っ込むとでも、お考えになったのでは……」

「馬鹿な。通るはずがなかろう」

「信念は山をも動かすと言います」

「貴様、どっちの味方だ」

「どっちもこっちもございません。わたしは見解を述べたまでです」

内藤が西洋人のような冷たい眼差しを黒田に向けた。三年弱の外国暮らしのせいか、内藤の物腰は西洋人じみていた。

「クラーク先生のいらっしゃるマサチューセッツ州、すなわちアメリカ北東部のニューイングランド地方というのは、合衆国の中でも最も古い歴史を持つ地方です。イギリスト植民地の開拓地としての歴史から始まる、特にピューリタニズムの信仰の篤《あつ》い地域なのです。彼の地では、教育とキリスト教とは切っても切れません」

「聖書で教育などやられては、耶蘇教《やそきょう》信者ができあがってしまうではないか」

「そうとも限りません。いわば聖書は道徳書でもあります。西洋には、四書五経も儒学もありませんから、聖書がその代わりになっているといえます」

「聖書で人の道を教えるというのか」

「そのとおりです。例えば、人を殺すな、隣人を愛せよ、人の妻を盗ってはいけない……神という完全な人格に近づくために、教養と主体性を身につけ自らを律せよ、そのように生徒たちを導く手段として、聖書が引き合いに出されます」

「理屈はわかる。だが、いかん」

　宗教の功罪は、太古より国の行方を左右してきた。今の日本は依然として不安定である。その不安定な日本から、キリスト教のような余計な心配の火種は極力排したい。

「とにかく、耶蘇はいかん。ここは日本だ。聖書なしで、クラーク先生が生徒を指導する、それでよかろう」

　それが黒田の考えであった。

玄武丸は終日揺れ続けていた。

黒田は気分が悪かった。そのうえ「耶蘇問題」で頭が痛い。

クラークを説得する自信はあった。黒田とて百戦錬磨である。国内外で数多《あまた》の修羅場をくぐってきたのだ。

夕食の席は、表向きは和やかだった。

しかしクラークは口数が少ない。

食事が終わり、黒田はあくまで穏やかに申し入れをした。

――先生、わたしは先生に全面的に信頼を置いています。すべてお任せすると申し上げたのは本心からです。ですから、先生が道徳的な聖書の精神をかみ砕いて生徒に教えることは、なんら構わない。そこは目をつぶりましょう。聖書さえ使わなければ……。

「オウ」

クラークはひどく悲し気に嘆息して、天を仰いだ。

――私自身は無力です。聖書なしで私にできることはない。

――ですから、先生が聖書の、いわゆる道徳的精神を教えることはかまいません。

ただ聖書を公に読んだり、生徒が自分で読むように促すことは控えていただきたいのです。

──不可能だ。

クラークはきっぱりと言った。

──残念だが、私には不可能だ。聖書を常に傍らに置かずして、生徒たちを指導することはできない。

クラークは毅然と告げた。

──黒田さん、化学や数学や測量や、そのような専門教育ですら、聖書なしでは語れません。しかも、わたしたちがやろうとしているのは専門教育だけではない。実学だけでは教育としては不完全だ。知識と技術ばかり詰め込んでも、優秀な指導者は育たない。必要なのは、全人格教育《リベラル・エデュケーション》、真の教養ある指導者を育てることです。十分な教養があり物事を大局的に判断し、実行できる、そういう人間こそ、貴国に求められる人材ではありませんか。北海道の農業と行政を引っ張っていくに足る人格者、そういう人間を育てる、あなたが求めているのは、そんな学校ではありませんか。違いますか？

図星を指されて、黒田は口ごもった。

――そ、そのとおりです。

――ならば、聖書を使わねばなりません。

クラークは断言した。

黒田は返す言葉を失った。

かつて若かりし頃、黒田は薩摩藩の期待を背負い、江戸の江川塾に学んだ。その折、同じ薩摩の西郷隆盛《さいごうたかもり》から贈られた言葉が、今ふいに脳裏に蘇ったのだ。

砲技の人となるなかれ、天下の士となるべし。

砲術だけの人間で終わってはいけない、大局を見るような人物たれと。

ひとつの国が新時代を迎えるとき、何より必要なのは優秀な人材である。技術屋ばかりでは国は動かない。大局を見て判断し、断行できる指導者が、各部門に必要なのである。

限られた人材だけで国を動かすには限度がある。広く人材を育成する必要がある。すなわち教育が必要なのだ。クラークの言うとおりなのである。

クラークと黒田の考え方は、全く一致していた。

聖書のこと以外は。

＊

十九世紀初頭のアメリカでは、宗教的信仰復興運動が活発化するに伴い、牧師育成拠点としてのリベラル・アーツ・カレッジの創設が奨励された。

リベラル・アーツ、古くはギリシャ・ローマ時代からルネッサンス期にかけての、一般教養の諸学科のことである。文法、修辞学、論理学の三学に、算術、幾何学、天文学、音楽を加えた七学科。

西洋のそれに対して、東洋には六芸があった。すなわち、礼、楽、射、御、書、数。士以上が学ぶべき六種の、いわゆる教養科目である。それ以外にも、世界各国には形を変えて、それぞれの「リベラル・アーツ」そして「リベラル・エデュケーション」があったと言っていい。

アメリカのリベラル・アーツ・カレッジでは、その精神に則《のっと》り古典を重視し、牧師のみならず、社会の指導的立場の人間としてふさわしい教養を身につけることを目的とした。すなわち、知育、徳育、体育を網羅した、全人格教育《リベラル・エデュケーション》である。カレッジで、それらすべての教育の骨子を貫くのがキリスト教であった。

クラークが卒業したアマースト・カレッジは、全米のリベラル・アーツ・カレッジの中でも代表格だった。そしてその潮流は、クラークが学長を務めるマサチューセッツ農科大学へと受け継がれていたのである。

*

説得は叶わなかった。

むしろ、黒田が一方的に押されたと言っていい。

実に手強《てごわ》い……。

黒田も百戦錬磨なら、クラークも百戦錬磨である。

一見人当たりの良い穏やかな紳士ぶりだというのに、あの頑迷さはどうだ。

クラークの優しげな湖のような瞳の色が、今の黒田には、見る者を焼き尽くす青い炎に見える。

明日の夜半には、船は函館港に着く。それから七重《ななえ》の官園を視察して、その翌日に再び出港、小樽に到着後、陸路にて札幌に入る予定だ。そして半月後には、新生札幌農学校の開校式が控えている。

なんとしても、クラーク先生に納得していただかなくてはならぬ。もし開校後に、だまし討ちのように生徒の前で聖書を持ち出されては問題だ。

「クラーク先生は、何事にも、突っ走る傾向にありますからね、良くも悪くも」

そういう内藤の言葉も気にかかる。

苛々《いらいら》と舌打ちをする黒田を横目に、内藤がさらに続けた。

「クラーク先生は、やると言ったら絶対にやります。そういう方です」

「この黒田とて、いかんと言えば、絶対にいかん、そういう男だ！」

船はまだ揺れ続けている。


ホールの前で、また例の女と行きあった。

何事か考え込んでいるようで、黒田たちには気づかない。艶っぽい横顔を見せて、壁にもたれてじっと佇んでいる。

売女、と官費生たちが罵《ののし》っていたのを黒田は思い出した。

あるいはこの女、異人に目をつけるような女ではあるまいか……。

「長官、あれは、あの女ではありませんか。昼間、官費生と揉めていた……美人だな」

内藤がそう言うと、女が振り返った。

「おいきみ、何か用かね」

内藤が気さくに声をかけた。女は黒田の時は逃げ出したのに、内藤の顔を見ると、すぐ小走りに近づいてきた。

「失礼いたします。舟木《ふなき》ちよ、と申します。あの……異人さんとご一緒でいらした、お役人様でいらっしゃいますか？」

ちよのすくい上げるような視線につかまって、内藤はどぎまぎしたのか、口ごもった。

「そ、そうだが」

返答を聞くなり、ちよは深い安堵のため息をついた。

「ああ、よかった、お声をかけていただけて……実は、お願い申し上げたい儀がございます。どうかお聞き届けくださいませ」

ちよは、折り目正しい所作で会釈した。

元は武家娘なのかもしれない、と黒田は思った。伝習工女の中には、幕府瓦解《がかい》の折に佐幕派だったため、故郷を失い、困窮した士族の娘がかなりいた。

「何だね、言ってみなさい」

「あの、異人さんに、一言お礼申し上げたくて……けれど、私は言葉もわからず、かと言って、お役人様にお願い申し上げるのも申し訳なく、難儀しておりましたところでございます」

「礼を？」

「はい、実は……あの異人さんは、私の弟の命を助けてくださいました。そのお礼をせめて一言、申し上げたく、お役人様にお願い申し上げます」

「命を……それはいったい、どういう次第なのだ？」

「はい。私には、まだ十になったばかりの弟がございます。兄弟の中でも、特にわたしが可愛がっている一番下の弟でございます。私が札幌に行くことになりましたので、この子が久しぶりに会いに来てくれました。つい半月ばかり前のことでございます。築地《つきじ》に親戚がございますので、そこに泊めてもらいまして、二人でそのあたりをぶらぶらとしておりました。そうしましたら、弟は急に、姉上とのお別れに花を取ってきて差し上げよう、と言いました。弟は、男の子のくせに優しい性質で、花がとても好きなのです。ちょうど道の向こうに広い原っぱがございまして、季節柄、美しい花が咲いておりました。弟は私に、そこで待っていてくれと言うと、一目散に道を渡り、嬉々として花を摘み始めました。ところが、ちょうどその時、道の向こうから、暴れ馬が……」

ちよは、まるで目の前に暴れ馬が飛び出してきたかのように、澄んだ瞳を大きく見開いた。

「私は大声で弟の名を呼びました。弟は、馬が駆けて来るのに気がつかず、摘んだ花を抱えて道を渡ろうとしたのです。馬は狂ったように駆けてきて、もうすぐそこまで……」

そのときの恐怖を思い出したのか、ちよは瘧《おこり》でもついたように、ぶるぶるっと体を震わせた。

「そのとき、馬よりも速く、道に駆け出してきた男の方がいたのです。その方は無謀にも、道の真ん中で両手を広げ、走ってくる馬に向かって通せんぼしたのです。馬はたてがみを振り立てて走ってくる、男の方は動かない……ああ、危ない、と口に出した瞬間、なんと、暴れ馬が嘘のようにぴたっと駆けるのをやめたのです。両手を広げた男の方の、すぐ目の前で……よく見ると、その男の方は、洋服をお召しになった異人さんだったのです。背の高い、顔いっぱいにおひげを生やした青い目の……。異人さんは、馬に向かって何事かおっしゃいました。すると馬は、まるで子犬のように尻尾を振って、大人しくなってしまったのです」

ちよは、本当に心から安堵したと言わんばかりに、深くため息をついて話を続けた。

「すぐに、馬の持ち主らしい男たちが追いかけてきて、馬を繋いで連れて行きましたので、私もほっと致しました。異人さんは、驚いて座りこんでしまった弟を、軽々と抱き上げて立たせてくれました。そして、異国の言葉で何か言いながら、弟が放り出した花を拾い集めて、弟の手に渡してくれたのです。異国の言葉はわかりませんが、一言だけ、聞き取ることができました。意味はわかりませんが、『ボーイ』と」

「ボーイ……」

内藤が英語らしい発音でそう言うと、ちよは、我が意を得たり、とばかりに激しくうなずいた。

「そう、そうです、異人さんはそうおっしゃいました。そのうちに、もう一人、ずっとお若い異人さんが迎えに来られて、一緒に行ってしまいました。私は動転していたこともあり、異人さんにお礼の一言も申し上げることができませんでした。どこのどなたかも存じ上げず、追いかけようにも、お姿は見えず、それきり……。ところがこの船に乗りましたら、偶然にも、その異人さんにそっくりな方が乗っておられるではありませんか。とはいえ、残念ながら、私の目には、異人さんたちの顔が、皆同じように見えるのです。あの日弟を助けていただいたのが、あの方なのかどうか、そのような気もするし、もしかしたら、人違いかもしれない、もとより言葉も通じず、確かめようもなく、つい、異人さんの後をつけるような真似をしてしまいました。今日は、私のそのような不躾《ぶしつけ》な振る舞いを、書生さんたちに咎《とが》められ、あのような騒ぎに……」

「そうだったのか」

してみれば、例の土佐の官費生たちは、ちよが、不埒《ふらち》な動機からクラークたちの後をつけているのだろうと誤解して、詰問していたのだ。いたずらに工女に戯れかかっていたのではなかった。

「それで売女などと……」

彼らは彼らで、大和撫子《やまとなでしこ》が外国人教師を追い回すとは日本の恥とばかり、義憤に駆られた行為だったのかもしれない。

「そのような次第なのですが、お陰様で、弟の恩人があの方だということが、先ほど、はっきりわかりました。お背の高い、顔いっぱいのおひげの、青い目の異人さん、弟を助けてくださったのは、あの方に違いありません。お声を聞いてわかりました。今日のお昼に甲板で、あの方がおっしゃいましたとき。『ボーイ』と」

確かにあのとき、クラークは「ボーイズ」とつぶやいたのだった。ちよは、それを聞いていたのだ。

「もし、あの方が栖になってくださらなかったら、弟は今ごろ死んでいたか、ひどい怪我をしていたかもしれません。ですからお役人様、どうかあの方に、お礼を申し上げていただきたいのです。この姉が、心より感謝いたしております、と。それから……少しお待ちいただけますか、すぐに戻って参りますから！」

ちよは、何か思い出したようにそう言って、船室のほうへと駆けていった。

間もなく戻ってきたちよは、小さな帳面を胸に抱いていた。

「お待たせいたしました。どうか、これを……」

内藤が受け取り、中を検《あらた》めると、たくさんの押し花を紙にはさんで綴《つづ》ったものであった。

「弟が集めたものです。わたしに一冊くれたのです。弟は、これをわたしにくれるとき言いました。もし、あの異人さんにもう一度会うことができたら、お礼の印にこの押し花の帳面を是非差し上げたいのだ、と。私は、大人の男の方は花なんかお好きじゃないでしょうと言いましたが、弟は、いや、あの方はきっと花が好きな人だと言い張るんです。あの方は、道に散らばった花を、まるで赤ん坊でも抱き上げるように、それぞれの花に声をかけながら、優しく拾い集めていたからと……。だからきっと喜んでくださるだろうと。日本の花は、異人さんには珍しいかもしれないから、もしお目にかかれるなら、差し上げたいものだと……。ですから、このような粗末なものを差し上げてご無礼とは存じますが、是非あの異人さんに差し上げていただきたいのです。弟の気持ちでございます。まさか、この船の上でお目にかかれるなんて、思いもよりませんでした……」

内藤は、女にうなずいて言った。

「左様か。承知した。先生には、私からきっとお渡ししよう。弟さんは間違っていないよ。あの方はボタニスト……植物学者だ。花の先生だ」

「まあ、お花の……そんな学問がございまして」

「本草学《ほんぞうがく》のようなものだ」内藤は押し花を見て言った。「なかなか良くできた標本です。もし機会があったら、弟さんに学問をさせるといい」

「ありがとうございます」

ちよは嬉しそうにはにかみながら、内藤と黒田に深々と礼をした。そして、さっぱりとした顔で船室に戻っていった。

「東京で、そんなことがあったのか」

ちよの弾むような後ろ姿を見送りながら黒田が聞くと、内藤は首を傾げた。

「さあ、私は存じませんが、クラーク先生は、考えるより先に体が動くような方ですから、ありそうなことです」

「そんな武勇伝があったのなら、クラーク先生は真っ先に話してくれるだろうに」

馬の扱いを知る人間にとって、馬を宥《なだ》めることはそう難しくないかもしれない。それでも、急の判断で暴れ馬の前に立ちふさがるというのは、誰にもできることではない。自分も命がけなのである。誇ってもいい行為である。

「いや、もしそういうことがあったとしても、先生は、わざわざご自分から話すことはなさらないでしょう。善行を見せびらかすな、という教えもございますから」

「陰徳善行か。日本人ならそういうこともあるだろうが、西洋人は、己の手柄を隠し立てはすまい」

「いえ、それは聖書の教えですから」

「まさか、そんなことが聖書に書いてあるのか」

「はい」

「西洋にも、陰徳善行なるものがあるのか」

「はい」

「ふうむ」

黒田は意外な気がした。

「いやしかし、長官殿、クラーク先生も、さすがに軍人でいらっしゃいますな。誠に勇ましい話だ。しかも秘して語らず。これぞまさしく、米国のサムライではありませんか」

サムライか。

黒田は、クラークの隙のない身ごなしを思い浮かべた。

「戦では、さぞ軍功を上げられたのだろうな」

「それはもう。めざましい働きぶりで、知事から直接、賛辞の手紙を受け取ったこともあるとうかがっております」

優秀な軍人にして科学者であり、そして教育者。勇ましいだけではなく、冷静沈着、豊かな知識に裏打ちされた判断力を持つ統率者。

古来、真の武士とは、そういう者であったのかもしれぬ。

黒田は、ちよが置いていった押し花の帳面を何気なくぱらぱらとめくり、ふと手を止めた。

白い花。

それはよくある可憐な百合《ゆり》だった。三枚の外花被片《がいかひへん》と三枚の内《ない》花被片、合わせて六枚の白い花びら。そのたたずまいは、黒田の記憶にある花と、どこか似ていた。


七月三十日。

玄武丸は無事、小樽港に到着した。

船はもう揺れていないのに、黒田の頭の中はまだ揺れていた。黒田を取り巻くすべての景色が、ぐんにゃりと溶け出して、縦横無尽に波打っているようだった。

伝習工女たちが、若い女たちらしく軽やかに囀《さえず》りながら、客室から出てきた。ちよが、遠くからこちらを見ていた。黒田と目が合うと、今度はもう逃げ出すことなく、会釈をした。

突然、ちよの顔がぱっと輝いた。彼女は人をかきわけて、小走りに前に出た。

そこにクラークが立っていた。ホイーラーとペンハローを両側に連れて。

内藤が小声で通訳しているようだった。ちよは、上気した顔でクラークに向かって、何度も何度も頭を下げた。彼女の目は次第に潤《うる》み、しまいには、彼女の艶やかな白い頬が、はらはらと涙で濡れた。
三等船室から、官費生たちがぞろぞろと出てきた。三人揃って
どの顔も船旅に疲れ、折角《せっかく》の洋装もどこかちぐはぐである。その中で、つい数
天を仰ぎ、深呼吸をしては、大きな声で笑っている生徒たちがいた。それは、黒岩、内田、
日前甲板で騒ぎを起こし、謹慎を命じられていた土佐出身の生徒たち、
田内の三人だった。
まったく反省の色がない、土佐っぽどもめが。
黒田が喝を入れてやろうと歩き出したその瞬間、黒田よりも一瞬早く、クラークが
三人に向かって歩き出していた。
黒岩たちは、遠目にもわかるほど硬くなって身構えた。黒岩などは、端整な眉を怒
らせて、クラークを正面から見つめていた。
クラークが突然、右手を突き出した。
黒岩たちは、目を白黒させて戸惑っていた。追いついた内藤が通訳をして、黒岩た
ちはやっと納得したらしい。生徒たちも、おずおずと右手を差し出した。
クラークの大きな手が、彼らの手をしっかりと包みこむように握った。クラークは、
他の生徒たちとも、ひとりひとり固い握手を交わした。

いつのまにか生徒たちの表情は和やかになっていた。クラークが英語で何か言うたびに、どこまでわかっているのか、生徒たちから笑いが起こる。

クラークの周りには、いつしか人の輪ができていた。池に落ちた小石の周りに次々に広がる波紋のように、そこに不思議な秩序が生まれつつあるように見えた。

黒田は、兄とも師とも仰ぐ薩摩の西郷のことを思い出した。西郷の周りにも、やはりいつも自然と人の輪ができていた。

若者は、いつの時代も希望と鬱屈《うっくつ》とを抱えている。そして、彼らの感情を収れんしてくれるような存在を求めている。

彼ら官費生たちは戦乱の世に育った。幕府の衰亡、そして瓦解と、世の中の激しい移り変わりに振り回されてばかりだったに違いない。彼らに旧式の教育法など、もう通用しないのかもしれない。だからといって、今の日本に、胸を張って若者を鍛え上げるどんな教育方法があるだろう。

彼らには新しい教育が必要だと黒田は思った。

それが果たして、聖書なのだろうか。

黒田は迷っていた。

どこの国でも、どんな宗教を用いても、教育はできるのではないか。聖書にこだわらなくても、人格教育はできるのではないか。

だが人にはそれぞれ、その人なりのやり方がある。クラークにとって、聖書は大工の鉋《かんな》のようなものかもしれない。それがなければ、どんなに腕が良くても、手も足も出ないのだ。

クラークが仕事をするために必要だと言うならば、聖書を許すべきだろうか……。港の向こうに広がる、拓かれ始めたばかりの大地。その広々とした景観を見渡すうちに、黒田は突然、思い出した。

「北海道だ」

あの白い花を見たのは。

あれはいつだったのか。戦に明け暮れた日々。黒田はまだ若く、北海道は蝦夷地《えぞち》と呼ばれていた。木々の青葉が芽吹きはじめていた、早春の原生林。山道の行軍で、沢伝いに下りていった。疲れ切って、水を求めて。そのとき、林の中で急に視界が開けた。見渡す限り緑が広がっていた。

一面の草原に、真白い真珠のように輝いて、点々と咲く可憐な花、艶やかな濃緑の葉に抱かれて、羽を休める白い蝶のような……延齢草《エンレイソウ》、いや、大花延齢草《オオバナノエンレイソウ》、そんなふうに誰かが呼んでいたのか、どうだったか……。

黒田が思いを馳せるうちに、いつの間にか、三人の教師たちが、傍らに立っていた。

黒田は、ホイーラーの胸元の花を指して言った。

――この花を知っています、この花によく似た花を。三枚の葉、三弁の花びらで、しかし、わたしが昔、北海道の原野で見たのは、これよりずっと大きな花でした。白い三枚の花びらが、緑の葉からこぼれそうなほど。山の中に見渡す限りの群生地が広がっていた。それは見事な花畑だった。

クラークが答えて言った。

――エゾ・アイランドの自生で、花がもっと大きいというなら、カムチャッカのトリリウムかもしれない。北米と北海道とは植生が似ていて、似たような種類のトリリウムが四十や五十はあるのです。

――そんなにあるのですか。

――植物は多様です。そして多様であればあるほど、群生は力強く広がっていくといいます。黒田さん、トリリウムは、発芽してから花が咲くまで、少なくとも十年かかるのですよ。

――十年？　実に長い……まったく知りませんでした。

――最初の一年目は、小さな緑の葉がたった一枚顔を出すだけ、それはまもなく枯れてしまいます。そんなことを五、六年繰り返すうちに、次に三枚の葉が出てきます。でもまだ、花は咲かない。三枚の緑の葉が、育って、枯れて、育って……そんなことがまた、毎年春になるたび、五、六年も繰り返される。そしてようやく十年目の春に、とうとう白い美しい花が咲くのです。

クラークは、あたかも目の前で白い花が開いていくような、うっとりとした目をして続けた。

——安全な環境の中で、トリリウムは安心してゆっくりと育ちます。木と林に守られて、森の奥でひっそりと、十年かけて、根に十分に栄養を蓄えながら……その代わり、一度花が咲けば、何十年も毎年続けて花が咲くでしょう。十年、二十年、三十年……その根の命が尽きるまで、精一杯花は咲き続けるのです。

甲板では、生徒たちがまた騒ぎ始めていた。黒田はうんざりして言った。

——まったく、仕方のない生徒たちです。

クラークは穏やかにつぶやいた。

——まるで、私の若い頃を見るようです。

——まさか、先生はお若い頃からジェントルマンだったはずです。

——そんなことはありません。それどころか、今でも私は、誰かが手綱《たづな》を締めてくれないと、どこへ飛んでいくかわからない始末です。だから彼らを連れてきた。頼もしい御者《ぎよしや》たちよ。

そう言ってクラークは、ホイーラーとペンハローへと優しく視線を送った。

——ねえ、黒田さん、あなたも私も、生まれたときから、髭を生やして取り澄ましていたわけじゃない。そうでしょう?

——ええ、まったくそのとおりです。

黒田は苦笑した。クラークが続けた。

——彼らは確かに、行儀がいいとは言えないけれど、ただ大人しく従順であることだけが、美徳ではない。科学の基本は、むしろ疑いを持つことです。科学だけではない、世の中すべてにおいて、キュリアスであること……何事も鵜呑《うの》みにせず、常に好奇心と疑いを持ち、自らの信じる正義のために戦うことを厭《いと》わない……彼らには、そのような素質があるとは思いませんか。

黒田はうなずいた。

維新の波に揉まれてきた彼らだからこそ、新時代に立ち向かうことができるかもしれない。

——黒田さん、教育の成果が出るまでには、時間がかかる。だが往々にして、世の中は悠長に待ってはくれない。特に近代合理主義というのは、手っ取り早い成果ばかりを求めて、役に立たないとみなせば、容赦なく切り捨てる。十年経てば綺麗な花が咲くのに、草ばかりだと言って、三年で切ってしまうのです。その植物は土の下でじっくりと栄養を蓄えて、いつか咲こうとしているというのに……。我がマサチューセッツ農科大学でも、やはりそのような傾向があるのです。成果が上がらないなら、役に立たないなら、そんな大学はいらない、補助金は出せない……情けないことです。

クラークは、学校経営に苦悩する学長の顔を垣間見せた。

――わたしの目標とする教育は、すぐには結果が出ないかもしれない。しかし教育とは、本来そういうものではありませんか。根気よく土地を耕し、種を蒔《ま》き、収穫を待ち……考えると、教育と農業とはとてもよく似ています。

――おっしゃる通りです。

黒田は深くうなずいた。

――理想の全人格教育《リベラル・エデュケーション》が、ここでならきっとできます。北海道は日本の新世界だ、そうでしょう、黒田さん。

――ええ、そうです、クラーク先生。ここでなら、新しいことが何でもできるでしょう、きっと。

東京には、すでに開成学校があり、東京英語学校があるが、まだ足りない。日本の中心都市たる東京には、近いうちに官の大学校ができるだろう。

だが、その東京に先駆けて、日本のどこよりも早く、今まさに北辺の地に新時代の学校が生まれようとしている。札幌農学校は、東京を向こうに回し、まったく独自の志向を生みだそうとしている。

それは、新大陸アメリカから直接植えられる教養教育、全人格教育《リベラル・エデュケーション》の萌芽である。

教養教育と専門教育とは、いわば車の両輪のようなもの、どちらが欠けてもいけない。両方を兼ね備えて、初めて教育が成り立つと言える。

しかし、急速に近代化を進めている明治国家日本において、ともすれば、実学はますます重視され、一方、教養教育は軽視されかねない。まさに、マサチューセッツ農科大学が、実学至上主義の洗礼を受けたかのように。

無理もない。脇目もふらず富国強兵に邁進《まいしん》する明治日本にとって、悠長な教養教育はいささか荷が重い。

しかも、教養教育はリベラルな気風と切っても切れない。やがては一般教育へと広がりを増していく民主主義のシンボルである。日本という国に、それを受け入れられるだけの土壌が整うかどうかは難しい。いつか、国家が遮二無二《しやにむに》、教養教育を排除しようとするときがくるかもしれない。自ら考え行動できる自主性、主体性のある生徒などいらない、全人格教育《リベラル・エデュケーション》など必要ない、と。それは、十年後のことかもしれないし、百年後、百五十年後のことかもしれない。

　そのとき、甲板で騒ぎ立てる土佐っぽどものような生徒たちは、あっさりと切り捨てられてしまうだろう。彼らはもしかすると、とてつもない萌芽をいだいているかもしれないのに。

　教育は人を創るのだ。機械を作るのではない。

　百年後も、百五十年後も、未来永劫それは変わらないのだ。

——他に先駆けて春に咲く花を、スプリング・エフェメラル（春の妖精）といいます。実に美しい。札幌の群生地も美しいことでしょう。

　クラークが続けて言った。

——当然ながら、私は花の咲くのを見ることはできません。むしろ限られた時間の中で、しっかりと種を蒔いていくことが私の仕事と心得ています。その後は、ホイーラーとペンハローが、私の代わりに水や肥料をやります。そして十年後、二十年後に、刈り取るのはあなたたち日本人です。

クラークの任期は、往復の旅程を除けば、正味八か月。来年の春、北海道にトリリウムの花が咲くころ、クラークはもう北海道を離れているはずだった。


下船の準備が整った。皆が陸地へ目を遣っている。

黒田は、歩き出そうとしていたクラークへ呼びかけた。

――クラーク先生、聖書を使うことを、私は……。

そのとき、ドンと祝砲がとどろいた。轟音《ごうおん》が黒田の声をかき消した。

黒田とクラークの目が合った。クラークがうなずいた。期待通りの答えを今受け取った、まるでそう言っているかのように。

クラークが恭《うやうや》しく黒田に道を譲った。青い瞳が燃えていた。すがすがしいサムライの目だ、と黒田は思った。

出迎えが、開拓長官の下船を今か今かと待っていた。

黒田は船を下りていく。

振り返ると、青海原に白い波濤が押し寄せて、砕けては散り、砕けては散り、風に吹かれて真珠のように輝いていた。

それはあたかも、七月の海にトリリウムの花畑が、どこまでも広がっていくかのようだった。

解説

大矢博子（書評家）

二〇〇八年、短編「寿限無　幼童手跡指南・吉井数馬」で第三十回小説推理新人賞を受賞した浮穴みみは、翌年、受賞作を含む連作『吉井堂謎解き暦　姫の竹、月の草』（双葉社→双葉文庫）で単行本デビュー。以降、江戸期を舞台とした市井の人々の物語をコンスタントに発表してきた。その作風はシリアスな恋愛ものから痛快な世話もの、果てはファンタジックなものまで多岐にわたり、引き出しの多さを見せつけてきたものだった。

だが二〇一七年に上梓した『鳳凰の船』は、それまでの作品とは趣が違った。『鳳凰の船』は、幕末から明治初頭の箱館（函館）を舞台に洋式帆船作りの名匠、初代北海道長官と開墾に尽力したプロシア人商人、函館発展のために事業を興した英国人など、函館の開拓に携わったさまざまな人の情熱や悔恨を描いた連作である。

先人たちの思いが今に伝わっていることを実感させられる佳作であることはもちろ

んだが、驚いたのはそこだけではない。収録作ごとに異なる人物、異なるできごとが扱われてはいるものの、全編を通しての主役はあきらかに「箱館」だったのだ。これまで読み慣れた江戸や京が舞台の維新小説とは明らかに違う歴史がそこにあった。箱館という場所を描くことで、著者は、日本の他のどの地方とも異なる北海道史の特異性を静かに炙り出していたのである。

こんな方法があったか、と唸った。

引き出しの多さ、という言葉では表現しきれない。浮穴みみは自分だけの鉱脈を見つけたのではないか——とそのとき感じたのを覚えている。

おりしも刊行翌年の二〇一八年は北海道命名から百五十年の節目の年だった。その年に浮穴みみは『鳳凰の船』で第七回歴史時代作家クラブ賞を受賞する。そして二〇二〇年に刊行された北海道史小説の第二弾が本書『楡の墓』である。

今回の舞台は札幌だ。そこには、前作に勝るとも劣らない、北海道という場所だけが持つ歴史の波濤《はとう》が鮮やかに存在していた。

鉱脈は確かにそこにあったのだ。

本書の収録作は五編。特に表題作の第一話に本書の真髄があると思われるので、少々紙幅を割かせていただく。

物語は幕末から始まる。幕府主導の蝦夷地開墾政策に乗って家族で津軽から石狩にやってきたとき、幸吉《こうきち》は六歳だった。しかし母が死に、義理の父と折り合いが悪かった幸吉は十四歳で出奔。荒《すさ》んだ暮らしをしていたが、仕事があると聞いて「さとほろ」という場所へやってくる。そこで夫を亡くしたばかりの美禰《みね》と出会った。

身元のわからない者は警戒されるからと、美禰の従弟《いとこ》として御手作場《おてさくば》（官営農場）で働き始めた幸吉。さとほろ――サッポロは、いつしか幸吉にとって故郷になっていく。

中でも幸吉に影響を与えたのは、この地の開墾を指導していた蝦夷地開墾取扱掛《がかり》の大友亀太郎《おおともかめたろう》だ。大友はサッポロに広大な農地を作るべく、三十年先を見据えて用水を引き（現在に残る大友堀）、「わたしの役目は村を作ることだ。村を作ることは、人を作ることだ」と幸吉に学問を教える。大友のもとでサッポロはいつか豊かな農地になるのだと、幸吉は信じて疑わなかった。

ところが明治になり、政府の形が変わった。北海道の開拓はそれまでの兵部省から開拓使へと担当が替わる。大友は志半ばで去り、代わりにやって来た開拓判官の島義勇《しまよしたけ》はそれまでの開墾計画を無視、農地となるはずの場所に本府《ほんぶ》（役所）の建築を命じた――。

ここに描かれているのは政治に振り回される庶民の姿だ。政治家のパワーゲームで方針は簡単に変わり、庶民の頑張りが踏みにじられる。彼らは生きているのに、そこで暮らしているのに、その存在は政治家には見えない。

怒りが抑えきれない幸吉に、ある農民は言う。「わしらは、どこへも行かねえ。この土地を耕し、この土地で生きて、この土地の墓に眠るのだ。役人どもの好きにはさせん。御上のやり方に目を光らせていかねばならねえ。新しい世界ば、わしらの手で作るのさ」

日本の他のどの地方とも異なる北海道史の特異性とはこれだ。東京や大阪など、他の大都市は江戸の昔から都市だった。京都など千二百年前から京都だった。だが札幌は違う。札幌は原野だった。何もなかった（アイヌ集落を無視するわけではないが、小説の構造上、ここでは一旦置いておくことをお許しいただきたい）。「札幌」という表記もなかった。そもそも「北海道」という名称も明治になってからのものだ。そんな何もない場所を、ほんの百五十年前に幸吉のような人々が一から開拓して、そして出来上がったのが今の札幌なのである。他の都市とまったく違う歴史をあらためて突きつけられ、背筋が伸びる思いがした。

第二話「雪女郎」では、大友の計画を中断させた開拓判官・島義勇が主人公になる。肥前出身の彼は主家だった鍋島家のため、自らが描く開拓を強引なまでに推し進める。しかし彼もまた政治のパワーゲームの犠牲者だったことが綴られるのである。

開拓地ではびこる悪事を女性の目から描いた「貸し女房始末」では、薄野《すすきの》遊郭の成り立ちが綴られる。開拓の経過と問題を温泉場の会話で綴る「湯壺にて」を経て、最終話「七月のトリリウム」は、札幌農学校開設に携わった黒田清隆《くろだきよたか》とクラーク博士の方針の違いがテーマだ。

通して読むと、手を替え品を替えながら、札幌という町が少しずつ形づくられていく様子が浮かび上がる。大友亀太郎に始まり、島義勇、岩村通俊《いわむらみちとし》、松本十郎《まつもとじゅうろう》、黒田清隆といった開拓の責任者がそれぞれの話に順に登場し、ひとりひとりがどのような方針で札幌を作り上げようとしていたのかがよくわかるのだ。原野だったところに役所ができ、家が並び、遊郭が建ち、温泉宿ができ、学校ができる。開墾のために鍬《くわ》を振るった者がいて、商売をする者がいて、本州からそこに流れてきた者がいて、そこに根を張って暮らす者がいる、そんな日々の営みが札幌の変化に併せて綴られる。これもまた、主人公は「札幌」なのである。

そして通読することで見えてくる、ひとつの大きなテーマがある。

開拓とは何なのか、だ。

開拓とは荒野を整地することではない。家を建て、畑を作ることではない。表題作で大友の言葉にあるように、「人を作ること」が開拓なのだと、本書は繰り返し訴えてくるのだ。表題作に本書の真髄があると書いたのは、この理由による。

たとえば「貸し女房始末」のふきをご覧いただきたい。夫の暴力に悩み、遊女になるしかないと、この汚泥の中で生きるしかないと絶望していた彼女が、どう変わったか。あるいは「雪女郎」の島の失脚はパワーゲームに負けただけではなく、そこで暮らしてきた人々のことを考えていなかったからではないか。

そして学校設立を描く「七月のトリリウム」で物語は再び、「人を作ること」というテーマに戻る。これはもう意識的だろう。今の札幌の黎明を担ったのは政治家ではなく、そこで生きてきた彼らなのだ。鍬を振るい、用水を引き、商売をして、懸命にその日を生きた彼らなのだ。新時代の波に揉まれ、政治の潮《しお》に翻弄され、それでもこの場所にしがみついて、今日より少しでもいい明日を夢見て、人生を選んできた彼らなのだ。その強さが、希望が、決意が、読者の胸を熱く鼓舞する。

「七月のトリリウム」で黒田がクラーク博士と交わした会話をじっくりとお読みいただきたい。大友亀太郎と幸吉の会話がそこに重なってくるだろう。人を作ることこそ、開拓だと。それを疎《おろそ》かにしては未来は成り立たない。これは実利主義極まる現代への警鐘でもあるのだ。

その後、浮穴みみは北海道開拓史小説の第三弾として『小さい予言者』（双葉社）を刊行。オホーツク海に面する枝幸《えさし》町、稚内《わっかない》、そして炭鉱で栄えた上空知《かみそらち》を舞台に、明治から昭和にかけての変遷を綴った。これもまた函館とも札幌とも違う、北海道開拓の物語だ。特に北海道初の公立図書館設立を描いた「日蝕の島で」が素晴らしい。ぜひ他の二冊と併せてお読みいただきたい。

『鳳凰の船』『楡の墓』『小さい予言者』で三部作は完結だという。もったいない、と思うのは私だけだろうか？　まだまだこの世界を読んでみたい、知りたい、という思いが止められない。

他のどの都市とも違う歴史を持つ、北海道。浮穴みみの三部作は、今の北海道の地下深くに何層にも重なった歴史を浮かび上がらせる。現時点での、著者のまごうかたなき代表作であり到達点だ。いつかまた、著者がこの鉱脈を掘り進めてくれる日を楽しみに待っている。

本書は小社より、二〇二〇年二月に単行本刊行されたものです。

双葉文庫

う-15-06

楡《にれ》の墓《はか》

2022年12月18日　第1刷発行

【著者】
浮穴《うきあな》みみ

【発行者】
箕浦克史
【発行所】
株式会社双葉社
〒162-8540 東京都新宿区東五軒町3番28号
［電話］03-5261-4818(営業部)　03-5261-4831(編集部)
www.futabasha.co.jp（双葉社の書籍・コミックが買えます）
【印刷所】
大日本印刷株式会社
【製本所】
大日本印刷株式会社
【カバー印刷】
株式会社久栄社
【DTP】
株式会社ビーワークス

【フォーマット・デザイン】
日下潤一

ISBN978-4-575-52622-6 C0193
Printed in Japan

浮穴みみ　好評既刊

鳳凰の船

初代北海道庁長官・岩村通俊。イギリス人貿易商・ブラキストン。函館港湾改良工事指揮官・廣井勇——。北海道開拓史に名を刻んだ者たちの揺れる想いを、函館を舞台に叙情豊かに描いた五編。第七回歴史時代作家クラブ賞受賞作。

文庫判